Per l'Anna amb amor.

ERES EL PRÍNCIPE

DE TODOS MIS PALACIOS

Ediciones Martínez Roca, sello editorial de Editorial Planeta, S. A.
Avda. Diagonal, 662-664
08034 Barcelona
www.mrediciones.com
www.planetadelibros.com

María Agea Cano, por el prólogo
Xenon, por el epílogo

Ilustración de cubierta: Cristina Reina
Ilustraciones de interior: Noemí Villamuza
Diseño de interior: María Pitironte
Primera edición: octubre, 2017
ISBN: 978-84-270-4364-0

Depósito legal: B. 19.583-2017
Preimpresión: Safekat, S. L.
Impresión: Huertas, S. A.
Printed in Spain-Impreso en España

El papel utilizado para la impresión de este libro es cien por cien libre de cloro y está calificado como papel ecológico.

Celopan

DAVID CALVO AGEA

ERES EL PRÍNCIPE
DE TODOS MIS PALACIOS

mr ediciones martínez roca

Dedico este libro a mis amigos,
parte fundamental en mi vida,
aunque nunca se lo digo...
¡Que luego se lo creen demasiado!

Dedico muchos versos a diferentes personas
con la intención de que tú también lo hagas con los tuyos.

Bienvenido, coso, a mis noches de insomnio.
Sed bienvenidos todos a mis palacios bajo el mar.

Lo siento, editorial,
nunca puedo hacer una dedicatoria normal.

PRÓLOGO

Bueno, cariño, pues aquí estoy... Una vez más has recurrido a mí y no sabes cuánto me gusta que lo hayas hecho.

Es un placer y un privilegio escribir hoy estas líneas porque después de leer este libro me has vuelto a sorprender con tu sensibilidad. Aunque he de decirte que, como madre, es algo que también me preocupa, porque con tu forma de ser (que es la mía también) uno se lleva muchos palos en esta vida. Pero bueno, ya sabes, ¿acaso hay algo de lo que no se preocupe una madre?

Desde pequeño siempre buscaste destacar en algo, pedías a gritos que alguien escuchara lo que tenías que decir, tal vez por el hecho de ser el mediano de tus hermanos...

Dices que *esperar decepciona y hacerlo eternamente consume.* También dices *date cuenta de una vez de lo que vales y deja de escuchar a esas voces que solo ven lo malo que hay en ti.*

Y así, con tu fluir de poemas, los hago ahora míos. En esta obra tuya has hablado de amor y desamor. De príncipes y sapos, y me doy cuenta de que ya has conseguido un objetivo (como tantos otros que te propusiste siempre): has logrado que siga recordando que lo importante siempre es el **AMOR**, en mayúsculas y en negrita.

Hay un poema en el que hablas de los kilómetros, de lo doloroso que resulta separarse de la persona amada y, ciertamente, el retrovisor del coche se convierte en un accesorio cruel en el que vemos empequeñecerse el reflejo del ser querido y, sin apartar la mirada, vemos también a nuestro corazón irse con él.

Eso mismo sentí yo cuando te dejé en aquel bloque de pisos en un barrio de Madrid con tan solo 18 años; también mi retrovisor me devolvió tu imagen y por un momento pensé que tal vez me había vuelto loca dejándote tan solo allí, pero seguí hacia delante mi camino para que pudieras hacer el tuyo.

El príncipe de todos mis palacios también eres tú, soy yo y son todos y cada uno de los que se adentran en estas páginas.

Gracias por dejarme entrar en tu mundo, que ahora será de todos, y hazme un favor: cuando me necesites llámame, pero no dejes nunca de soñar, imaginar y escribir, porque lo necesito, lo necesitamos.

María Agea Cano, tu mami.

SAPOS

Después de tantos errores, acerté.
Después de tantas recaídas, lo superé.
Después de tantos sapos, te encontré...

A MI ESPALDA

Suavizo mis palabras y disimulo mis heridas. Y lo hago con el fin de que no me hagan llorar más. Te quiero confesar que te eché de menos y que no voy a mentirte más. Y quiero asegurarte algo antes de que pases página: soy menos de lo que aparento.

Te llevo en mi Citroën enano y a mi casa compartida; a mis pueblos favoritos y a mis recuerdos más dañinos... y esos son mis refugios, mis palacios, mi vida.

Tengo muchas pretensiones en mi vida de revista, como la de decirte que ahora eres dueño y señor de un imperio. Ahora que ya me conoces sabes que el mayor tesoro de ese reino soy yo, todo lo demás es humo.

Gracias por no huir.

No tengo mucho más que puñaladas y lecciones a mi espalda y hoy me quito una mochila llena de rocas y quiero que tú las quites conmigo.

Pasa página, descúbreme y sobre todo, cobíjame.

TE HE MENTIDO

Me llamo David Calvo y podría enviarlo todo a la mierda en este preciso instante. Y me lo estoy pensando seriamente. Estoy harto de mentiras y gilipolleces. He vivido engañado durante mucho tiempo y de repente me doy cuenta de ello.

Solemos pensar que las cosas son fáciles de superar; que no cuesta recuperarse después de haberse estrellado y que los tíos son todos unos capullos y no tienen sentimientos. Nos equivocamos. En demasiadas cosas. Y parece que decir que nos equivocamos es igual de mal visto que no subir una foto al día a tu Instagram.

Te he mentido. A ti y a mucha gente. Soy un cajón de inseguridades que escudo a diario. Y no pretendas conocerme, nunca lo harás del todo. No te lo tomes como algo personal. Nunca conocerás al completo a nadie. Bueno, excepto si encuentras a alguien que valga la pena y quiera quedarse toda la vida junto a ti pese a vuestras mutuas manías. Suerte.

Soy adicto a la adrenalina, a los buenos besos y a los buenos libros. A ponerme canciones relajantes de Spotify y sobre todo a saber disfrutar de los pequeños momentos. A declararle la guerra a quien vaya en contra de mis ideales y a nunca darme por vencido.

Y te he mentido. Y lo repito una vez más porque quiero recalcarte que todos somos la versión que queremos dar al mundo. Quien llora a cara descubierta quiere que sepan que es humano, que tiene sentimientos y no duda en esconderlo; quien no lo hace quiere esconder su debilidad, su humanidad, quiere que sientas que él puede con todo. Y yo te he mentido muchas veces para que sientas que puedo con todo, que nada me afecta.

Si has leído sobre mí y mi anterior poemario #ElPatitoQueNunca-LlegóASerCisne sabrás que en él me sinceré. Y hablé de esos besos de más; en las pocas explicaciones que debí en muchas ocasiones dar; en todos esos portazos que debería haberme ahorrado y, sobre todo, en todo el tiempo que perdí sin darme cuenta de lo importante.

Me rindo y no quiero mentirte más. Aquí no hay filtros ni pretende haberlos. Este soy yo; o lo tomas o lo dejas.

¿La realidad de mi vida? Puedo vivir por mí mismo, me siento completo y tengo energía suficiente para encender 20 bombillas con mi propia luz si me lo propongo. ¿Lo otra realidad de mi vida? Que me he engañado para superarte. Me he equivocado una y otra vez hasta darme cuenta de que nuestra historia siempre estuvo escrita, literal y metafóricamente.

La realidad que he escondido todo este tiempo es que tú fuiste el primero y quiero que seas siempre mi último. Que quiero tenerte en mis brazos para siempre y decirte que siempre voy a estar ahí, pase lo que pase.

Aquí hay mucho amor a tiras, con pegamento, sucedáneos del mismo y amor del de verdad. Aquí tendrás más odio y rabia de los que crees que pueda llegar a tener alguien.

Verás palabras que gritan *lo siento* y *tequieros* que susurran *no te vayas.*

Estoy ahora abriéndote las puertas de todos mis refugios, así que, por favor, cuida de cada uno de ellos. Algunos están con más cimientos que otros... es lo que tiene que venga alguien y provoque terremotos a su paso...

Enciende siempre la calefacción al entrar y cierra la puerta al salir, por favor, ahí afuera hace mucho frío y hay mucho lobo suelto.

SOY

Nunca quise hacer el daño que otros me hicieron ni proclamar un te quiero que no fuera sentido porque sé lo que es que se rían en tu cara y te escupan con mentiras. Sé lo que es que te rompan el corazón y aparentes que puedes con todo.

Soy responsable de lo que escribo, no de lo que interpretes. Soy consecuente con mis actos y sobre todo soy consecuente con las promesas que hicimos y nunca cumplimos.

Soy el resultado de un montón de historias mal empezadas y sobre todo, mal acabadas.

FICCIÓN

Aquí hay demasiados despojos de vida, retales de mal amor y mucha sanguijuela humana. Hay versos inspirados en amor y otros tantos en desamor. Recurro en ocasiones a disfrazarme del pasado y en otras de camaleón y pretendo vivir en vidas que no me pertenecen.

Pienso y dejo de hacerlo y, para tu ~~desgracia~~ fortuna, lo comparto. Tristemente todo lo que hay aquí es realidad. Es tristeza, desgarro, desamor, nostalgia, sueños... Afortunadamente, todo lo que hay aquí descrito y sentido no es ficción, es

P
O
E
S
Í
A.

Hoy, cariño, conseguirás comprender por qué algunas noches lloré, por qué otras estuve más ido de lo normal y por qué en tantas otras parecía —literalmente— ausente. Necesitaba volver a refugiarme. Has vivido todo esto conmigo, desde el principio...

Me has visto triste y me has visto feliz. Me has vestido y me has desvestido. Y hemos deshecho y hemos superado demasiados baches. Y quiero hacerlo el resto de mi vida si es contigo.

Sé que algunas veces es difícil todo esto, lo sé perfectamente. Y, ¿sabes?, sé que hay tantas cosas que aún no te he dicho que por eso las he escrito.

Juzga todo lo que quieras, repíteme lo que te guste y pregúntame lo que no. Cuestióname lo que te dé la gana y bésame tus versos favoritos.

Te permito mi cuello, tú permíteme tu corazón, te dije una vez...

Renuncio a todo mi imperio por una vida contigo, te confieso hoy.

Gracias por hacerme escribir los versos más bonitos que jamás le he dedicado a nadie y gracias por ayudarme a reconstruir todo lo que huracanes y terremotos derribaron. Adéntrate en todos mis palacios, mi príncipe.

BIENVENIDO.

TODO ESTO
ES
LO QUE NUNCA
SABES
QUE ESCRIBÍ
Y
OJALÁ
LO HUBIERAS
VISTO A TIEMPO.

OJALÁ
TE HUBIERAS
VISTO A TIEMPO...

NO VAS A CAMBIAR

Al principio todo era diferente. Te daba igual la ropa que me pusiera y a quien le escribiera. No te importaba si salía de fiesta con mis amigas o si me iba de vacaciones unos días.

Me regalabas libros de poesía y flores. Me decías que querías tener dos hijos conmigo y que cualquier día me pedirías matrimonio. Jugueteabas con fotos que ya desearían muchas quinceañeras que les mandaras y me desvestías como nadie.

Creías que así me conquistarías y... lo hiciste. Chasqueabas los dedos y mis bragas ya estaban en el suelo. Fui tuya, en cuerpo y alma. Siempre. Me enamoraste, me hechizaste, me convertiste en tu amuleto perfecto. Y una vez fui tuya, te aburriste.

Me usaste una y otra vez en tus juegos descafeinados. Me decías que yo había cambiado, que ya no reía tanto como antes, que ahora solo observaba lo malo... y me culpabas por tus problemas. Hay gente cruel en el mundo. Y tú, cariño, eras uno de ellos.

No salgas con ese vestido. No llames a David. ¿Por qué no nos escapamos mejor tú y yo en lugar de que te vayas con las amigas? No me gustan tus amigas. Tu madre lo que pasa es que es una exagerada. Nunca encontrarás a nadie como yo. Y multitud de frases de mierda que acepté que me dijeras.

Me complicaste los estudios, el futuro y la vida. Y pasé años pensando que eso era lo que merecía. Un desprecio por aquí, una prohibición por allá...

No quiero más falsedad, no quiero más perdones, no quiero estar con alguien con quien me pregunte a diario si va a cambiar.

He tardado mucho tiempo en darme cuenta de que has cambiado, que ya no eres la persona de la que me enamoré. Que no merezco algo así. Yo voy por delante, la persona en la que te has convertido va muy muy por detrás...

TIRANÍA

Hoy hemos acabado, lo sé. Llevo meses esperando que cambies por mí. ¿Qué gilipollez, no? ¿Por qué iba a cambiar la gente? Cada uno es como es, cambiar a alguien no es bueno.

Figúrate cómo debo de estar si quiero cambiar cada una de las cosas que haces y que no me provocan más que daño. Nunca te he querido cambiar, lo sabes perfectamente, pero este no es el chico del que yo me enamoré. Siento ~~decirte~~ escribirte esto.

Me has hecho llorar. Y hoy ha sido la última vez. Me has llamado todo lo que sabes que temo, todo lo que sabes que me duele y todo lo que sabes que es mentira. No voy a jugar a tus juegos, no voy a completar tus acertijos, no voy a ceder a tus chantajes.

Vienes y me ves dormido. No lo estoy. ¿Cómo voy a dormir después de todo lo que ha pasado? Me he roto en mil pedazos y lo peor de todo es que ni me vas a ayudar a recomponerme ni te importa lo más mínimo.

Hoy has acabado para mí. ¿Y sabes qué es lo peor? Que no te has dado ni cuenta. Me has hundido y ni has pestañeado.

No debería haber dicho todo lo que he dicho, no pienso todo eso, lo siento, cariño…

Incluso me invento el *cariño* para que suene algo más suave, así de imbécil soy.

Aquí acaba nuestro reinado. Me condeno a mí mismo al destierro, se está mejor ahí que en esta tiranía.

TE TOCA

No me esperes,
no me busques,
no me invites,
no me irrites,
no me provoques.

Enamórame,
sedúceme,
muérdeme los labios,
bésame por sorpresa,
sorpréndeme,
búscame las cosquillas.

Te toca
porque entiende que
llevo ya demasiado tiempo
encendiendo yo las llamas de un amor
que hace tiempo que dejó de arder.

QUÉ TRISTE

Ella se arreglaba cada día con su mejor maquillaje y enfrentaba la vida ante el temor de que se supiera la verdad: lo había perdido.

Él no contestaba a sus mensajes, no aparecía por casa, no cogía el teléfono, no daba explicaciones... Pasaba todas las noches fuera y desahogaba sus penas con otras mujeres.

Ella no era buena en nada excepto en ser buena con todo el mundo, menos consigo misma. Esperaba en las escaleras de su casa hasta las tantas de la madrugada a que él volviera. Y nunca lo hacía...

Él volvía cuando quería, se hacía algo de comer y se ponía a jugar a la Play. Evadía las discusiones pendientes y se enfrentaba a su realidad: ya no la quería.

Qué triste que ambos fueran tan cobardes.

Qué triste que fuéramos nosotros.

FELICIDADES

Si la dejas irse llorando
y no haces nada cuando la ves...

Si actúas como una niña pequeña
y solo buscas discusiones
por cosas insignificantes...

Si solo quieres estar con tus amigos
y no quieres pasar tiempo con ella
ni contarle tus problemas...

Si solo buscas sus defectos
y no piensas siquiera
en lo bueno que él te aporta...

Felicidades,
os estáis perdiendo.

ESCRIBÍ ESTO Y ACTUÉ EN CONSECUENCIA

Quédate con alguien con quien no tengas miedo a levantarte cada día y preguntarte si te va a seguir queriendo.

ACABÓ

Y no, no hay más. Eso es lo más triste. Que acabó y no quisiste saber más de mí. Que compartí años de mi vida con alguien que, al decirle que quería acabar con todo, decidió aceptarlo sin más.

No querías acabar, pero no hiciste nada para remediarlo. ¿Por qué aceptaste dejarme ir? ¿Cómo podías decir que no querías a la vez que hacías tu maleta casi en tiempo récord?

Viví las peores semanas de mi vida y ni te diste cuenta de ello. Te di mi corazón y tú te lo comiste. Qué lástima que lo hicieras siempre tan jodidamente mal todo.

Y sí, ambos lo pasamos mal, lo sé, pero lo que más me sorprende es echar la vista atrás y recordar cómo me suplicaste una oportunidad que yo decidí darte y, adivina... desaprovechaste.

Ojalá pudiera contar otra historia, pero no la hay. En ocasiones has dado tantísimo por alguien que cuando te quedas vacío sientes que todo se ha ido a la mierda. En esos momentos esperas que ese alguien vuelva y te diga:

Oye, voy a volver a estar bien, te lo prometo. Me voy a esforzar para que volvamos a estar bien, prometo hablar las cosas, hacer planes contigo y… Muchas otras palabras que quise oír de tu boca y tuve que inventarme.

Llegó el fin de una historia que el mundo conoció, algo que fue bonito mientras ~~duró~~ pudo, y me arrepentí de ello algunos días. Muchos otros no.

Consume sus horas pensando en qué vestido ponerse. La llaman guapa y zorra por la calle, depende de la actitud con la que se enfrente a los capullos borrachos que vagan por las calles de Madrid.

Piensa si ponerse esos zapatos que combinan a la perfección o si atreverse con unos tacones que la van a joder toda la noche.

Recuerda a su paso lo que sucedió un marcado 20 de noviembre y entre lágrimas decide volver a casa y abrir una botella de vino en su nombre.

Enciende un par de velas y recoge la cocina. Se baja Tinder y lo elimina. Ve el calendario y solo aparecen cumpleaños de amigas con las que casi ni se habla.

Se ha cansado tanto de dar todo su amor a otros que ahora decide dárselo a sí misma. Sin embargo no para de mirar la puerta por la que espera que vuelvan todos aquellos tíos que una vez se cansaron de usarla una y otra vez.

Decide desmaquillarse e irse a la cama, quitarse la ropa y dormir en bragas. Abre la ventana y entra el calor del verano.

Ella lo sabe perfectamente: ahora no le quedan fuerzas. Ahora es una fortaleza y no puedes con ella. No eres tú, es ella... está harta de equivocarse.

ESPERANDO

Me pasaba los días viendo tus *en línea* y cómo te desconectabas continuamente. Recordaba cuando me avisabas para hacer planes y cuando, sin emojis de por medio, hablábamos.

Dejaba el móvil encima de la mesa y entre día y día esperaba un led, un sonido, una notificación de mierda que me dijera: *hola, sigo acordándome de ti.*

Esperaba una llamada que todo lo cambiara, un mensaje privado con alguna explicación... lo que fuera, me daba igual.

Pasaban las horas y los días y yo pensaba si me escribirías, si yo estaba presente en tu cabeza y... obviamente no lo estaba. Llegaban las tantas de la noche y tú seguías conectado mientras yo observaba cómo ibas cambiando de fotos y estados... ¿Qué iba a hacer yo? Soltarte algo como... *eh, bonita foto, sales muy bien sin mí ¿te acuerdas de quién soy? Estuvimos juntos, ¿lo recuerdas?*

Muchas veces quería escribirte sin reproches de por medio, quería simplemente hablar contigo. Saber cómo estabas, saber si todo te iba bien, si tus padres estaban algo mejor y si la operación de tu abuela había salido bien...

Quería preguntarte sobre si leerías lo que iba a publicar, si me echabas de menos, si querías decirme algo... pero sabía las respuestas a todas mis preguntas. ¿Para qué iba a hacerlo?

Nunca fui capaz de enviar todos los reproches, todos los *vuelve* ni todos los *por favor, dame una explicación...* El tiempo me da la razón y es que hice bien en no decirte nada.

Hice bien en esperar y en jugar mi última carta para sobrevivir...

olvidarte.

El mundo sigue, pero tú te has quedado atrás. Hablan de la nueva temporada de *Juego de tronos* y tú solo piensas en si hiciste lo correcto.

¿Quieres hablar?
¿Vamos a tomar algo?
¡Salgamos de fiesta!
Beber ayuda…

No.

Todo lo que te cuenten son cuentos chinos. Tu mundo se ha roto y todo lo demás sigue funcionando, sigue girando... y ese es tu jodido problema. Agarra todos los recuerdos y rómpelos si hace falta. Grita y llora. Envíalo todo a la mierda.

Vamos a salir de esta,

te lo prometo.

FUIMOS

Fuimos tanto el uno para el otro que lo único que nos queda ahora es la ausencia. Y ese fue nuestro fatídico error; que yo fui todo tu mundo y tú también lo fuiste absolutamente todo para mí.

Y no sé si es más triste la dependencia emocional que ambos vivimos o que fueras precisamente tú quien la provocara.

ADIÓS

Sigo intentando esto de olvidarte. Tengo la intención de hacerlo, pero otra cosa es que lo esté haciendo bien...

Me armo de valor y decido ir a verte a tu nueva casa. Abres sin saber que soy yo. Te sorprendes. Me miras. No comprendo tu mirada. Llegan reproches. Y más reproches. No paras de atacarme. Ni siquiera he abierto la boca. Ni siquiera he podido cerrar la puerta. Ni siquiera estamos juntos. Terminamos, ¿lo recuerdas?

Hablo. Lloras. Hablo de nuevo. Vuelves a llorar. Te abrazo. Te apartas. Llegan reproches. Y odio. Silencio por mi parte. Más odio. Te ofrezco paz, amistad y hasta empezar de cero. Lo aceptas.

Buscas sonreír. Salimos algunos días. Lo intentas. La cagas. Te perdono. Salimos a pasear. Te hablo de mi vida. Me hablas de la tuya. Me hablas de la tuya otra vez. Te comprendo. La cagas otra vez... y una tras otra. Lo analizo. Te perdono, pero no encuentro el sentido de tus actos. Y la vuelves a cagar. Te lo digo. No me entiendes. Y por fin me doy cuenta de que nunca fui una prioridad. Me despido. Me voy. Para siempre.

ESTE LIBRO
NO TIENE PARTES,
SOLO TIENE RUINAS.

ESTÁ DESTRUIDO.
NO ESPERES GRAN COSA.

ESPERAR DECEPCIONA,
HACERLO ETERNAMENTE
CONSUME.

SIENTO TODO LO QUE
LEERÁS…

TE ODIÉ CASI TANTO
COMO TE QUISE.

DEL
AMOR
AL
ODIO
NO
HAY
UN
PASO.

HAY
SOLO
MUCHAS
PUÑALADAS.

Qué miedo das cuando te enfadas, me suelen decir.

Al ser pequeño y estar siempre sonriente parece imposible que las cosas me molesten, ¿no? Pues cuando me hacen daño soy muy hijo de puta.

Qué suerte que todo mi odio lo haya escrito y no te lo haya dicho a la cara. Qué suerte tienes de que todo el asco que siento lo haya vomitado y no le ponga tu apellido.

NI QUIEREN HACERLO

Hoy recuerdo el día que cambiamos seis veces las sábanas y luego nos perdimos por Madrid y nos bebimos siete chupitos diferentes en aquel bar de mierda.

Recuerdo mis ocho mayores defectos que decidimos ocultar junto con los nueve lunares que tienes en el pecho. Decoré un mundo y tu espalda siempre fue mi mejor lienzo.

Ahora, sin embargo, solo veo esas tres velas grandes de Ikea que compré en pack y que nunca llegamos a encender. *Lo siento,* me confesaste más de once veces. *No volverá a ocurrir,* me dijiste una vez por mes, 12 en un año y más de 15 en nuestra relación... Dejé de contar.

Lejos queda la historia de de dos personas que un día se amaron y hoy ni se reconocen ni quieren hacerlo.

ESTOY EN ELLO

¿Qué sentías cuando besabas a otros
y yo te esperaba en casa?

No mereces.
No hables.
No debes.

Coge tus cosas y márchate, por favor.
Deja las llaves,
no quiero saber nada de ti,
ni de tu gato,
ni de tu humor,
ni de tu vida.

Miento si respondo
que te deseo lo mejor.

Cada cual recibe lo que siembra.
Lo siento,
te quedan muchas plagas
aún por sufrir.

No entiendo ahora cómo aguanté tanto,
cómo pude mirar tanto tiempo para otro lado
y esperar tanto de alguien
que me demostró
tan poco.

Miento si respondo
que no sufrí,
que no te eché de menos,
que no me merecía algo mejor...

He decidido algo:
escribir todo lo que nunca
me atreví a decirte
y quemarlo todo.

Estoy en ello.
Solo me falta la hoguera.

¿Que cuál es la razón por la que nunca volví a tus brazos ni te busqué? Bueno, es sencillo. Estuve tantísimo tiempo luchando por tu amor que tienes que entender que cuando decidí acabar con todo esto no era para dejar las cosas a medias. Era definitivo.

Es normal, ¿no? Uno se cansa de esperar y, al final, lo único que uno quiere es sentirse querido también, por ello acabamos. Por eso terminamos. Eso sí, te pido un favor: no juzgues mi historia por el capítulo que tú formaste. Muchos cafés y tentempiés harían falta para que lo entendieras y no, no ~~tengo tiempo.~~ quiero regalarte más tiempo, no lo mereces.

MIS 10 CONFESIONES

I

El problema no es que yo escriba sobre nosotros.
El problema es que te siga pensando
y tú sigas pasando de mí.

II

Si hubieras pensado las cosas dos veces,
me habrías hecho el daño mucho mejor.

III

En ocasiones te echo de menos
y en otras, pienso con la cabeza.

IV

Ibas de príncipe azul y bueno...
tenías un cuento que lo flipas.

V

Fui tan a ciegas contigo
que las puñaladas
sabían igual que tus besos.

VI

He dejado la puerta abierta por si decides volver.
No lo hagas.

VII

Ojalá pudiera olvidarte tan fácilmente
como has hecho tú con~~migo~~ todos.

VIII

Nací gilipollas porque ya demasiados
habían aprendido la lección.

IX

Es increíble cómo alguna gente es capaz de romperlo
todo a su paso
y no hacerse ni un solo rasguño.

X

Sé que algún día te darás cuenta de los errores
que cometiste conmigo.
También sé que cuando eso ocurra,
yo ya no te estaré esperando.

PITUFO

¿Sabes que siempre busqué un príncipe azul? Pensé que tú lo eras... que no cumplirías esa asquerosa frase de *todos son iguales*; que te quedarías por las noches y me abrazarías cuando tuviera ganas de huir a trescientos kilómetros por hora.

Siempre he pensado que alguien que está roto por dentro es incapaz de querer a otro, y no sé cómo permití que tú fueras mi otra mitad. Siempre esperé y esperé... y ese fue siempre el problema. No paré todo aquello. Y debí hacerlo.

No debías ser mi otra mitad ni yo la tuya; debíamos estar completos y nunca lo estuvimos. Hasta que terminamos. Qué irónico todo...

Siempre he dicho que tengo un pequeño problema de daltonismo y que confundo los colores en ocasiones...

Hoy por hoy sé que confundí mucho más que los colores. Tú no fuiste un príncipe azul, fuiste un pitufo en mi vida y, aunque no lo creas, yo ya no estoy para protagonizar películas de críos.

PODRÍA ESCRIBIR LOS VERSOS...

Es tan corto el amor y tan largo el olvido... dijo Neruda. *Tranquilo, ¡otro clavo saca otro clavo!* dijo la sociedad. *Tú eres mucho más que todo eso,* dijo mamá.

Podría escribir los versos más tristes esta noche, pero no me permito ninguna lágrima más en tu nombre. Ni siquiera voy a hacerte un reproche, no sea que te ofendas hombre.

Necesitas a alguien que te quiera al completo, no a cuentagotas, te confieso. Podría escribir los versos más tristes esta noche pero me he cansado de llorarte.

Te odio tanto que en ocasiones lo olvido. Te odio tanto cómo lo que me odio a mi mismo por haberte regalado todo mi presente que decidiste desperdiciar y no consigo sacarme de mi mente.

Sí, yo lo amé, y a veces él también lo hizo... pero qué poco dura aguantar una mentira y que largo es el ~~olvido~~ darse cuenta de que te equivocaste

Inspirado en el poema 20 de Pablo Neruda.

Alguna gente es capaz de hacer a otras personas el mismo daño que otros en el pasado les hicieron a ellos, ¿acojonante verdad? Pues tú eras uno de ellos.

Y, ¿sabes que es peor que eso? Qué consiguieras hacerme sentir a mi culpable por todo lo que te ocurriera; qué me hicieras pensar que todo lo que hacía era malo y que me apuñalaras sin sentido noche tras noche.

Flipante es que consiguieras hacerme todo el daño que otros te hicieron sentir y a ti te diera igual. ¿Cómo podías seguir con todo aquello viendo cómo me derribaba día tras día?

¿Si te pegan de pequeño pegarás de mayor? ¿Si te ponen los cuernos los pondrás tú? ¿Si tus padres fueron malos contigo lo serás tú con tus hijos? No, lo siento, cada uno elige las decisiones que toma. No seas cobarde, no te agarres a lo fácil, todos podríamos hacerlo.

Quizás esa fue siempre la diferencia entre tú y yo. Tú decidiste quedarte en el pasado, yo decidí aprender de él.

YA VERÁS

No te mereces eso.
¿Qué sabrán?
Tú sabes lo que te mereces,
ellos no.

Yo no podría permitir algo así,
dicen.
Bah, eso es porque no se han enamorado
ni saben perdonar,
piensas.

Tú sabes lo que quieres,
yo no.
Tú sabes qué mereces,
yo no.

Pero te confieso algo:
mereces más que lágrimas,
mereces más que besos forzados,
mereces más que portazos.

Déjalo ir,
créeme,
el tiempo me dará la razón.

NO ES AMOR

No es amor lo que tu sientes, lo que tienes es miedo a algo igual...

o peor...

¿Quieres que te diga la verdad? De ti jamás pensé que algo así podría ser verdad. Tampoco pensé que me doliera tanto. ¿Cómo pudiste hacerlo? Cómo pudiste tomar toda nuestra relación y directamente mandarlo todo a tomar por culo?

No hay palabras para describir lo que siento ahora mismo. ¿Mienten los demás? ¿Mientes tú? ¿Por qué me sigue importando esta jodida mierda a estas alturas? ¿Por qué sigo uniendo las piezas de este puzzle que hace tiempo que tiré por la ventana? No esperaba que tú fueras así. Qué triste y qué sucio.

Te conocí inocente, débil, a trozos... llorabas muchas noches y me decías el miedo que tenías de que yo fuera como ellos; que te fuera infiel, que no confiabas en mí... y resulta que fui yo quien te traté como a nadie y tú, como a todos. Qué gilipollas fui por no darme cuenta.

¿Con qué fuerzas pudiste hacer como si nada y seguir besándome día tras día? No tengo palabras para describir el odio que siento hoy por ti. Te cogería y te diría a gritos todo lo que tanto tiempo he callado. Que sí, que me equivoqué.

Dicen que no cometemos errores, que todo son lecciones. Yo también lo digo muchas veces. Hoy descubro que no. Que hay errores pero también hay cabrones.

Tú pudiste ser el error de mi vida pero preferiste ser el cabrón de mi vida. Jugaste conmigo y cuando te cansaste me abandonaste y buscaste un sustituto menos quejica. ¿Cómo le llamas a eso?

No hay palabras.

DESPUÉS

Tras el silencio
llegó el murmullo.
Los cuchicheos sobre lo que ocurrió
y sobre quién tuvo la culpa.

Después de los besos
llegaron caras de tristeza
en búsqueda de una explicación.

Al acabar las discusiones
e incluso los recuerdos
llegó el trabajar
y pensar
en todo lo que estaba por venir.

Después del llanto
llegó la risa
y
después de ti llegó alguien
que me enseñó lo que es amor:
yo mismo.

Ojalá te hubieras querido quedar con él.
Qué lástima que él ya no te soporte...
dice que está mejor sin ti.

Si tú fueras fuego yo sería mucho más que hielo. Porque siempre fuimos opuestos. O más bien antagónicos.

Mi cama aún huele a ti. A ratos. El armario aún te tiene dentro. Conservo los recuerdos y elimino los desechos. Las discusiones y las gilipolleces. Esas que tan poco me importaron siempre.

Respiro y te exhalo, a ti y a cada parte de tu cuerpo que aún conservo sin saber muy bien por qué en los adentros de mi ser. Devoro libros y billetes. Facturo y viajo. Y todo sigue igual.

Preparo algo mejor los guisos e incluso me organizo la vida. Quiero tener un perro y pienso en hacer deporte. Llamo a mi madre casi cada día y tengo más de dos *outfits* diferentes. ¿Qué me estará pasando? ¿Habré cambiado?

No quiero un iPhone nuevo ni tampoco unos zapatos mejores. Quiero disfrutar más de cada día y reírme un poco más de las tonterías y pensar menos en los problemas. Pero, sin embargo, todo sigue igual.

Para ti.

En unas semanas —incluso días— acaba(s). Esta etapa. Paso página y empiezo un nuevo libro —literalmente—. Pese a que eso ya lo hice hace tiempo (quiero creer). Y lo acabé, aunque ni quisieras saber de él, como también hiciste conmigo.

Te quise. Y me gustaría sentir algo más que ese frío que siento cuando te veo y te pienso. Quizás fueron tus formas, tus mensajes o tus chiquilladas, pero ahora soy escarcha. Contigo.

No me afectas ni me dueles. Disfruto lo bueno y evito lo malo. Observo, rectifico y pido perdón. Espero y dejo de esperar. Enciendo la cámara y comparto mis gilipolleces.

Y me equivoqué. Nunca fuimos opuestos, no fuimos antagónicos ni la triste historia de la luna que nunca podía conocer a su amado sol. Siempre busqué algo más que una simple figura al otro lado de la cama. Y lo supiste desde el primer día.

Un día me di cuenta de que yo era mucho más que esa pura escarcha en la que me había convertido, que tenía luz y calor propios.

Dicen que quien juega con fuego se quema. Qué irónico que después de tanto jugar ni siquiera me llegabas a quemar.

Me hubiera gustado una contestación. Privada. Hablar las cosas e incluso un café. Sí, a mí, que ni me gusta. Pero mira, me cansé.

Busco algo de calor entre tanto invierno artificial. Que me quemen y me digan que fue queriendo.

Eso es lo que todos queremos. Un fuego que nunca se apague y que, como mínimo, si lo hace, lo haga después de haber dado toda la mecha posible. Siempre me gustaron poco los cobardes, ¿porqué tardé tanto en recordarlo?

Siempre me dijiste que me buscara alguien como yo. Que así sería más feliz. Lo confirmo, soy feliz. Conmigo.

Ojalá pudieras decir lo mismo.

VIÉNDOLO TODO CON
PERSPECTIVA...
¿EN QUÉ CREES QUE TE
EQUIVOCASTE?

—NO VI LAS SEÑALES.
ME LAS SALTÉ TODAS...

Quizás por eso me estrellé...

Lo que pasa es que siempre hay una parte que no le importa a nadie. Y la mía siempre es esa.

Me equivoqué. Me tiré desde un precipicio y no abrí el paracaídas. Encontré el trabajo que quería y lo dejé. Encontré un tesoro y lo enterré. Conseguí recuperarme y volví a encontrarme mal.

Conseguí un diamante y lo empeñé. Conseguí encontrar una isla en la que refugiarme y decidí seguir a la deriva...

Te he perdido y no puedo hacer nada para volver a tenerte entre mis brazos. Podría escribirte, hablarte, gritarte o tener las agallas de llamarte con mi móvil de mierda, pero no puedo.

Sé que es incomprensible para ti, pero esto es lo que siento que debo hacer. No quiero que sufras más por mí; no quiero verte llorar más.

Me ganaron en todas mis apuestas siendo tú siempre la de más valor... Jugué al tres en raya contra todos mis miedos y perdí...

Te confieso que nunca diré que esto fue un error porque no lo creo. Si quieres tú puedes pensarlo, créeme, no me importa, yo siempre pensaré que tú fuiste el mejor error de mi vida y yo, el que peor jugó esta partida...

Fui un gilipollas, David. Y quiero que lo sepas. Me porté como un imbécil. No sé qué estoy haciendo volviendo después de semanas a la casa de la que hui y dejando esto en el buzón e intentando pese a todo que me des otra oportunidad pero necesito decirte todo lo que siento o voy a morir con ello. Quizás es que me habrán aconsejado mal últimamente, pero prefiero decírtelo a guardármelo como he hecho siempre. Sabes que siempre se me ha dado mal expresarme, tú lo sabes bien...

Me han hecho daño, mucho. Han jugado con mis sentimientos. Me han hecho falsas promesas y me han prometido futuros que nunca se han atrevido a tener conmigo.

Y llegaste tú y decidiste cambiar todo mi tablero y todas mis reglas hasta antes conocidas. Arreglaste todas las piezas y no sabes el miedo que sentía constantemente en mi vida. ¿Será igual? ¿Me hará daño? ¿Cuándo se cansará de mi?

Constantemente juzgaba de más tus pequeños detalles y siento si te hicieron sentir mal; después de tanto tiempo acostumbrándome a malas decisiones, no quería volverme a equivocar... tú eras mucho más que todos ellos. Nadie había dado tantísimo por mí como tú hacías. Me incluías en tus planes, en tu trabajo, en tu vida, en todo. Quizás incluso en exceso, pero lo que sé es que nunca me había sentido tan cómodo como contigo.

Y no sé en qué momento ocurrió, pero me perdí al completo. Llegó la rutina, mi pasado me absorbió y preferí centrarme en otros asuntos antes que en ti. Olvidé todo lo que fuimos y tuvimos. Preferí hundirnos mutuamente a sacarnos a flote, lo siento. Yo mismo sigo sin comprender el porqué.

Quiero que sepas que nadie me ha querido como tú lo has hecho y, probablemente, nadie lo hará. Me equivoqué. Busqué en otros lo que tú ya no me dabas; me refugié en vidas ajenas con tal de no arreglar la mía y me compré ropa con tal de no volver a recoger la que en casa abandoné.

Siento los tuits, los insultos, los desprecios, los engaños y todas las gilipolleces que hice. Nunca he sido mucho de pensar las cosas y ya sabes, en ocasiones me dejo llevar demasiado por mis impulsos. Más de lo que debería. Me he equivocado, debería haber vuelto y no haberte dejado solo. Debería haberte dicho que te echaba de menos, que necesitaba que me ayudaras a superar todo aquello. Que, lo creyeras o no, te seguía queriendo. Pero fui un imbécil y tomé el camino fácil.

Debí besarte y decirte todo lo que no tenía huevos de pronunciar en alto... que te temo. A ti y a tus ausencias, pero sobre todo a ti.

Siento muchísimo las acaloradas discusiones que teníamos, donde lo único que hacías era bajar la cabeza y arrepentirte por cosas de las que nadie, nunca, debería hacerte sentir culpable. Siento todo lo que en esos momentos te llegué a decir y siento mucho si eso te llegó a afectar más de lo que debería.

Me acostumbraron a ver el amor de una forma y tú me demostraste otra completamente diferente. Tanto que quizás no pude con todo ello. Sé que llegará alguien que te quiera y te lo demuestre mejor de lo que hice yo.

Ríe a carcajadas y no dejes que nadie te pise. Siento si en ocasiones fui yo quien lo hizo. Deja la música sonar y ve con ella, aunque sea solo electrónica y me canse de ella al cabo de 5 minutos...

¿Recuerdas cuando íbamos casi cada día a buscar con qué decorar nuestra casa? ¿Y cuando venías sin avisar? ¿Cuando hicimos esos viajes improvisados que tanta pereza me daban y luego tanto me gustaban? En fin, creo que hay demasiadas cosas que jamás podré olvidar. Espero que tú tampoco lo hagas.

Esas fueron las palabras que tuve que inventar en mi cabeza para justificar tu ausencia y conseguir pasar página.

Funcionaron.

Te di todo lo que anhelaste. Y nunca me arrepentiré de ello... pero ahora veo que yo te debo mucho más. Y quiero decírtelo después de todo lo que has leído.

Hoy puedo mirar al pasado y vernos a ambos abrazados, sonriendo e incluso besándonos...

No me excita, no me provoca una sonrisa, no me produce absolutamente nada. ¿Sigo siendo humano? ¿Cómo puedo pensar en un pasado contigo y no ser capaz de sentir nada más que tristeza? ¿Qué narices me ha pasado?

Me querías mucho, yo lo demostraba más. Ambos lo sabemos. ¿Y qué? No esperé que cambiaras una eternidad —tal y como te prometí— y tú tampoco te esforzaste tanto como me juraste... y quizás por eso escribo estas líneas sin que estés tú hoy esperándome en casa.

Quise regalarte mi mejor sonrisa cada día y tú decidiste desaprovechar todos los momentos. ¿Te arrepientes? Qué mas da.

No estuve a tu lado cuando decidí dar mi primer y último portazo. Fui consecuente —por primera vez en mi vida— y te dejé ahí. Tiritando, literal y metafóricamente.

Fui un capullo. Por primera vez en mi vida decidí poner el punto y final a algo después de pensarlo durante más de 5 días. ¿Y mis impulsos? Eran ir tras de ti, día tras día. Hasta que me di cuenta de que mis impulsos me mataban lentamente si eras tú quien los provocabas. ¿Me entiendes? Qué mas da.

Fui un cerdo. Por primera vez dejé que lloraran a cara descubierta y me pidieran perdón y yo simplemente abrazara como haría cualquiera. Te dejé ahí, de pie, lloviendo sin parar y con unos ojos que gritaban *te quiero*. Lo siento.

Fui un insensible e intenté ~~(re)~~hacer mi vida. ¿Me equivoqué? ¿Debí haberte esperado mucho más tiempo? ¿Ibas a cambiar tras todo aquello? Nunca lo ibas a hacer y nunca lo harás.

Quien no ha sido capaz de quererte cuando eras suyo es imposible que te quiera cuando sabe lo que es tu ausencia. Me llevo esa lección de ti, te guste o no.

No me llegarías a querer jamás como yo necesitaba ni yo podría ser jamás el chico que querías en tu vida. Fin.

Me alegra ver que estás bien, de vez en cuando alguien me habla de ti y sé que todo está siguiendo su curso. No guardo rencor, no guardo odio, no guardo amor... Solo guardo el deseo de que sonrías, te lo digo de corazón y también de cabeza. Qué inoportuno que ambos estén de acuerdo por una vez; qué triste y qué bonito que sea para esto...

Soy feliz pensando que otro te dará el amor que yo nunca más podría darte. Sabes que me quemaría constantemente al hacerlo y créeme que no quiero volver a convertirme en cenizas. Una vez puedo hacerme fénix, dos también, pero no eternamente. No por ti.

Te deseo lo mejor, gracias por todo lo que me enseñaste, que, aunque hasta a ti te cueste creerlo, fue mucho. Este es mi último adiós, este es el último que necesitas.

Te recompusiste. Cogiste todos tus pedacitos de cristal y los pegaste con Super Glue. Reflejas arcoíris a tu paso y dejas entrever las cicatrices, ahora sin miedo alguno.

Coge fuerza y alza el vuelo... sin mí.

QUÉ
IRÓNICO
QUE
DESPUÉS
DE
TANTO
FUEGO
NO
ME
LLEGARAS
NI
A
QUEMAR.

Se hace un té negro y ordena la oficina. Piensa dónde irse de viaje e incluso se plantea conocer a gente nueva. Aprende a usar un programa de fotografía y vuelve a creer en sí mismo. Devora libros que no son de autoayuda y decide dejar de dedicar canciones a personas.

Se apunta al gimnasio y hace nuevos amigos. Compra un nuevo perfume y remodela la habitación. Empieza a ver series nuevas y aprende a dibujar. Hace, piensa, suspira, corre, bebe, se despierta... y todos los verbos que se me ocurren quiere acabarlos contigo. Y tú, pese a todo, sigues sin aparecer.

Es irónico ver como dices que estás bien aunque, si por ti fuera, mañana el mundo podría terminar. Es extraño ver como sonríes y en el fondo solo sientes tristeza.

Es gracioso pensar que todo sería más fácil si todo ocurriera como a ti te gustaría, pero no es así...

Sé que no te sirve de nada ahora mismo, pero todo saldrá bien... todo saldrá bien... todo saldrá bien...

Te lo prometo.

Lo cierto es que ella tiene unos cuantos años menos y le queda mucho mejor el pelo recogido que a mí. Tiene un piso en el centro al que podéis volver ebrios tras salir de noche y en el que vive un gato al que no eres alérgico...

Conduce un Mini y le encanta hacer deporte. Le gusta tu grupo favorito y no hacer nada los domingos. No le importa hacerlo donde sea y te dice lo guapo que estás cada vez que necesitas oírlo.

Una casa en el campo y otra en la playa; unos *shorts* para ir por el Retiro y unos pantalones largos para acompañarte a tus reuniones... siempre amoldándose a ti.

Quizás ella te teme tanto como todas antes lo hicimos. O quizás no eres más que alguien que le gusta poner por encima de sus posibilidades a todo el que pasa por tu vida y ni te das cuenta. Quizás no le gusta el deporte ni ir con *shorts;* pero lo hace por hacerte feliz. Tienes mucha suerte...

Después de haber usado y tirado a cada una de las mujeres que hemos pasado por tu vida, has encontrado una que ha decidido ser lo que tu quieras... Y no sé si alegrarme o entristecerme.

Yo quizás es que soy muy compleja o quizás, también, es que siempre me han dado mucho miedo las alturas, y a ti te gustaba demasiado ponerme por encima de ellas

para luego acabar tirándome de ellas...

A MI ÍDOLO

Constantemente te escribo, te pienso, te hablo... y yo sé que quizás para ti soy solamente un número, un avatar, una simple persona de un país cualquiera... Lo sé perfectamente.

Probablemente no tienes ni idea de que tus vídeos, tu música y tus letras me han ayudado. ¿Cómo pueden las simples palabras de una persona que no conoces arreglar la vida de otra? Probablemente has tenido la suerte de encontrar en amigos o en tu familia personas que te comprendan y te quieran. No es mi caso.

No he venido hoy aquí para contarte mis penas, ya que debo ser yo solita quien las resuelva, lo sé perfectamente.

Tú me lo has enseñado;

tú me lo has demostrado.

Me he refugiado en ti porque me he caído del precipicio en demasiadas ocasiones y he preferido idealizarte. Sé que te equivocarás muchas veces y sé que quizás un día decidirás acabar con todo esto, y también sé que cuando eso ocurra yo estaré ahí para verlo.

Has alegrado mis días y has alegrado mi vida. Has conseguido poner un arcoíris en esta oscuridad y por ello siempre vas a contar conmigo. Otra cosa no seré, pero leal lo soy de cojones. Qué lástima que haya tan poca gente en este mundo que valga la pena...

Te quiero a través de una pantalla...

y sin ella.

Que te quede claro.

Dedico mis siguientes palabras a mis seguidoras. Y no digo seguidoras refiriéndome solamente a mis seguidoras femeninas, incluyo en este plural también a los hombres. ¿Te suena raro? Bueno, pues imagínate ser mujer y que toda tu vida te incluyan en el plural de un género que no es el tuyo... Ya me voy del tema y ni he empezado... siempre igual. Seguidores, seguidoras, esto va para vosotros/as...

Vale, ya paro.

Mi vida estaba planeada en mi cabeza de una forma y vosotros constantemente hacéis que mis planes cambien. No es un reproche, es una forma de deciros que me habéis cambiado la vida, pero sin sonar cursi...

Me ponéis en un pedestal que en ocasiones dudo si realmente merezco y me colocáis en portadas de revista que mi abuela antes leía... y es todo un poco extraño. Me siguen por la calle y ya no puedo ir a la playa tranquilo... y luego normal que esté tan blanco...

Internet me ha cambiado la vida y soy el primero que lo sabe. Visteis algo en mí, algo que sigo buscando qué es y confiasteis en mí como antes nadie había hecho. Refugié mis inseguridades, mi dolor y mi desconfianza y decidí compartir con vosotros mi felicidad, mis aficiones, mi diversión...

Me convertí para vosotros en un referente, en alguien ejemplar. Alguien que siempre sonríe, que siempre saca la mejor versión de sí mismo, que consigue salir de cualquier situación y enseñar una lección de todo. No quiero parecer vanidoso, es lo que soléis decirme algunos de vosotros... y os equivocáis.

He suspendido exámenes por no estudiar y he insultado a gente que me ha hecho daño. He tenido opiniones que he cambiado. Me he equivocado muchas veces y he descubierto tras todo ello que he sido, y soy, humano.

Intento constantemente ser perfecto en todos los aspectos de mi vida. Intento mostrar que ser bueno, divertirse y sacar la versión de ti mismo es la mejor carta de bienvenida al mundo que te rodea. Y nunca quiero renunciar a esos ideales, porque me definen y porque creo en ellos firmemente.

Sé que, tengas la edad que tengas, no eres perfecta. Yo tampoco lo soy. En ocasiones me emborracho y digo gilipolleces. Me salen siempre granos los días antes de un evento importante y una vez hice creer que estaba malo para no ir a una reunión.

Constantemente nos fuerzan en la escuela, en el trabajo y en la familia a ser perfectos. A lavarte los dientes 3 veces al día, comer 5 piezas de fruta, ser vegano, dejar de tomar tanto azúcar, ir al *gym* y cuidar tu imagen, encontrar al amor de tu vida, ver todas las series de éxito... y quiero que hoy pases página sabiendo que lo más importante en esta vida no es eso. Ni ir al *gym* ni lavarte los dientes. Espero que no lea esto tu madre o tu novio, porque me matan...

Lo más importante en esta vida es SER FELIZ. Aceptar tus defectos y aceptar tus virtudes. Es aceptar que eres imperfecto y que te equivocas. Es conformarte con las pequeñas cosas que vas consiguiendo a medida que luchas por otras más grandes. Esa es una buena filosofía de vida, no la de volverte loco viendo series. Aunque, oye, si eso te hace feliz, ¿quién soy yo para decirte lo contrario?

Sé que hay gente que te hace daño y te hiere, pero tú debes ser más fuerte que ellos. ¿Ellos odian como forma de vida? Qué triste que no tengan nada que amar.

Quiero que seas la mejor versión de ti mismo, pero no quiero que te fuerces a hacer cosas que no sientas. El mundo constantemente querrá que subas una *selfie* feliz. Yo te pido que no lo hagas si no lo sientes de verdad.

Un día empecé esto porque me aburría y a día de hoy sigo haciendo esto porque, si no lo hiciera, me faltaría algo. Me encanta leer vuestras historias, vuestras vidas y vuestras emociones. Sois parte de mi vida y sois parte de mi historia.

No sé cuándo dejaré de escribir, de grabar y de hacer gilipolleces, pero sé que cuando eso ocurra habré pasado los mejores años de mi vida a vuestro lado. Espero que para entonces, ambos, hayamos aprendido todo lo que esta vida tenía por enseñarnos.

Quiero enviar a la mierda a todos esos que me han despreciado, me han insultado y me han intentado hacer daño. Digo intentado porque, después de tantos, uno ya se vuelve inmune.

Me dijeron que nunca conseguiría aprobar matemáticas y saqué un 10. Me dijeron que dejara de hacer vídeos y llegué al millón de suscriptores. Me dijeron que mis textos eran una mierda y publiqué un libro. Me dijeron que dejara de jugar y eso se convirtió en mi profesión. En un centenar de ocasiones me habrán dicho que mis 20 años no son nada; que hay muchas cosas malas ahí afuera; que no sé nada de la vida; que siento cosas que son anormales; que lo mío son 2 días; que los príncipes azules no existen; que soy un dramático; que subir vídeos no es un trabajo... y me dais igual.

Podréis intentar derrumbarme, pero, creedme, yo no descanso nunca para conseguir mis sueños y, a menos que vosotros no hagáis lo mismo para romper los míos, sigo estando en ventaja.

Has acabado.

Necesito más tiempo. Saber qué quiero exactamente,
porque lo que no quiero lo sé de sobra.

Todo lo que hice fue porque quise... —me digo una y otra vez
para consolar el hecho de haber perdido lo que durante años
pensé que era para siempre—.

He acabado contigo porque fue más fácil que hacerlo conmigo.

No consigo entender cómo pude ir tan ciego de ti.

Lo nuestro estaba claro desde el primer día y yo lo único que
hice fue alargar la agonía.

Hoy cumplo 20 años y te prometo que no he soplado pensando
en ti, me he pedido a mí como deseo por todas las veces
que Santa Claus y mis padres decidieron que fueran
otros los importantes y no yo.

Voy a quererme tanto como tú no fuiste capaz de hacer,
lo prometo.

Deja ya de actuar de esta forma contigo mismo. ¿Crees que eres como ellos? ¿O que así te vas a sentir mejor? No, joder. Date cuenta de una vez de lo que vales y deja de escuchar a esas voces que solo ven lo malo que hay en ti.

Abunda mucho más lo bueno, pero no quieres darte ni cuenta, solo de los errores y de las veces que te has caído. ¿No ves hasta dónde has llegado? Mira a tu alrededor, ¿vas a seguir flagelándote a ti mismo? ¿Hasta cuándo?

Nunca encontraré a nadie que me quiera.
¿Algún día encontraré a alguien que me quiera tanto
como yo lo hago?
Me lo merezco por haber sido un imbécil.
Si yo no me quiero, ¿cómo me van a querer los demás?

Nunca he creído en nadie tanto como he creído en ti, y mírate, jodiéndote sin parar. Ojalá pudieras verte en tercera persona y te dieras cuenta de la sensación que causas a los demás y reaccionaras YA.

Joder, eres increíble. Y decides sacar la peor versión de ti mismo para escudarte y que nadie sepa lo que sientes. Prefieres romper a los demás en mil pedazos para sentirte mejor. ¿Lo ves normal? ¿Crees que los demás se merecen eso? No, no lo hacen, no lo merecen.

Deja de hacerte la víctima, eso no te va a ayudar. Créete que eres el mejor de este puto mundo. Que puedes llegar a conseguir todo lo que te propongas. Que algún día publicarás tu primer libro y saldrás en televisión.

Sé que esto no te va a ayudar ahora mismo para nada. Sé que ahora mismo no sientes nada de lo que has escrito aquí, pero yo sé que dentro de unos años habrás llegado a lo más alto, yo confío en ti, solo créetelo.

Escrito hace 5 años en mi agenda del instituto.

Mientes más de lo que deberías y lo peor es que ni lo sabes. Aceleras las conversaciones pensando en cómo irte tras ellas y seguir dándole vueltas a tus problemas. Devoras libros y series, y consumes horas pensando en si tus migrañas son justificadas; en si te has equivocado al aceptar ese trabajo o si realmente estás siendo feliz. Qué gran pregunta...

Buscas excusas para quedarte repitiendo una y otra vez esas escenas que no has conseguido borrar de tu cabeza. Planteas escenas que ni muchos guionistas imaginarían solo por una razón: tus inseguridades. Te preparas para guerras en las que solo tú quieres luchar. ¿No te has dado cuenta de que ya has perdido?

Todo lo que sueltas por la boca es bilis que ni te preocupas en suavizar. ¿Ves la vida de algún color aparte del blanco y negro? Si te digo Maldivas, ¿en qué piensas? ¿En la cantidad de aviones que hay que coger? Tienes un problema. Contigo mismo.

Ves vacíos constantes en tu vida y te tirarías por cada uno de ellos. ¿Alguien me echaría de menos? ¿Alguien me habrá querido tanto como yo les he llegado a querer? ¿Me he equivocado en todas las decisiones que he tomado en mi vida?

Erras una y otra vez al formularte esas cuestiones y no plantearte cómo salir de ellas. ¿Por qué quieres luchar contra todo esto tú solo? No dejas a nadie llegar hasta ti.

¿Quieres quedar para ir al cine?, te propone una amiga.

Claro. Será divertido..., mientes.

Lo haces a diario, en todo momento, no puedes dejar de hacerlo. Mientes una y otra vez sobre todos los aspectos que permiten que los demás te vean como eres realmente: débil e indefenso. Como todos lo somos.

Me da igual si mientes a los demás para estar mejor contigo mismo, pero deja de hacerlo contigo. ¿No quieres ayuda? ~~Lo entiendo~~ Tú mismo. ¿Crees que puedes superar tus miedos sin asimilar que eres humano? Todos nos equivocamos, supéralo y ponte a trabajar en tus sueños. Y si no los tienes, búscalos. ¿No los encuentras? Déjate llevar.

Entiende que puedes tener grandes imperios y el día de mañana pueden arder todos ellos... y lo creas o no, la vida sigue. Deja de mentir(te), Troya se quemó contigo. Ahora supéralo.

¿Cómo se llama este chiquitín? Es muy bonito, parece una niña. ¿Y de qué color vais a pintar la habitación? Azul, imagino... aunque ahora está de moda el verde también para los chicos, eh. Míralo cómo baila, qué mono... ¿No le gusta el fútbol? ¿Y qué deporte hace? Mira, con esto sí puedes jugar, las muñecas de tu hermana déjaselas a ella.

Yo creo que deberíais apuntarlo a inglés para que no sea un *don nadie* en un futuro. Que no juegue a los videojuegos, hombre, que juegue más a la pelota. ¿Por qué no juegas con los vecinos? Venga, tira. Estás muy delgado... ¿seguro que comes bien? Se te nota en la cadera y en tus ojos, seguro que tienes algún problema. Te lo mereces, por eso estás solo. ¿No entiendes que si nos metemos contigo es para hacerte un favor y hablarte? Eres un pelota, solo te quieren los profesores. ¿Habéis visto la nueva ropa que se ha comprado? Se cree que le queda bien...

Ese peinado te queda fatal, ¿quién te lo ha hecho, tu madre? Tienes demasiados granos, ¿usas exfoliante? Te ayudaría. ¿Por qué estás solo en el recreo, no crees que es culpa tuya no juntarte con los demás? A ver, yo no sé qué os pasa en la clase, pero deberíais intentar jugar todos juntos y no pelearos, si no tendré que hablar con vuestros padres.

No eres capaz ni de levantar esa pesa, maricón. Siempre rodeado de chicas y mira, has salido como ellas. Nadie te va a querer en la vida, a ver si se te queda. Te mereces todas las hostias que te damos. ¿Quieres hacer arte? ¿Y de qué vas a vivir? Muerto de hambre. ¿Publicidad? Eso es para mujeres.

¿No fumas? Eres un niñato. ¿Tampoco bebes? ¿Pero qué tipo de persona eres? No has vivido nada tu adolescencia. ¿Has visto esa tía? Tiene el culo igual que tú. Estás más bonito callado, mejor no hables.

¿Nunca has salido con una chica? ¡Ah, qué te gustan los chicos! Yo ya lo sabía desde hace tiempo... Yo no soy homófobo, pero no lo comparto. ¿Cómo vas a tener un hijo tú con otro hombre? Eso es antinatural. Quiero decir, ¿cómo va a crecer un hijo sin una madre? ¿Eso es legal? No creo que lo sea.

¿Casarte? Pero si la Iglesia no lo permite y tú no puedes creer en Dios. ¿No crees que lo que te falta es una tía buena en tu vida? ¿Estás seguro de lo que estás diciendo? Quiero decir... quizás podemos hablar con alguien y ver si lo que tienes es un trauma o un problema de hormonas, no sé, yo es por ti, eh.

Pero ¿estás seguro de que no quieres ir al médico? ¿Y cómo sabes cuándo le gustas a otro chico... quiero decir, cómo os reconocéis? ¿Por eso jugabas siempre con muñecas? Ah, ahora lo entiendo todo, a ti lo que te pasa es que nunca has probado un buen coño. A mí es que me daría asco darle un beso a otro hombre, no sé cómo puedes hacerlo. ¿Te imaginas que me liara con un tío? Joder, qué asco, colega.

Pero ¿por qué no nos lo dijiste? Podrías haber confiado en nosotros. No te hubiéramos juzgado. Nosotros te lo contábamos todo y tú mira, callándote esto. No confías en nosotros. Los amigos de verdad se cuentan las cosas. ¿Y desde cuándo? ¿Has salido con alguno? ¿Y cómo lo sabes? Bueno, yo siempre he querido tener un amigo *gay* con el que ir de compras. ¿Hacemos noche de chicas?

A diario miles de personas en el mundo son juzgadas por su orientación sexual. Desde pequeños condicionados por una sociedad que no admite que los roles de género cambien o que un chico pueda llegar a jugar con muñecas. Desde pequeños ya somos presionados para ser alguien en la vida; para cumplir nuestro papel de género y para, encima, ser felices. Dejad de poner tanto peso en vuestros amigos, hijos y conocidos. Dejad de juzgar a los demás y entended que ellos sentirán y serán lo que quieran en la vida y que, mientras no os hagan daño en las vuestras, ¿qué coño os importa? Dejad de juzgar, dejad de jugar con sus vidas. Lo hacéis cada vez que promulgáis esas frases.

Calladitos estáis más bonitos.

GRACIAS

De todos los insultos que me dedicaste
no se con cuál quedarme
para enmarcármelo en la frente.

Por suerte cumpliste una de tus promesas:
salir a flote.

Mi ciudad bajo el mar
y bajo todos mis despropósitos
es más que preciosa.
Tú no quisiste formar parte de mi Atlantis.
No quisiste recomponer las piezas sueltas
y enseñar al mundo este imperio perdido,
no hay más.
Y eso es lo triste.

Que de todas las ausencias que protagonizaste
no sé cuál he olvidado primero y que,
lo creas o no,
hace tiempo que he agradecido que hayas flotado,
hayas volado,
hayas desaparecido…

Antaño tuve los cortijos y palacios que ves
por las calles de tu pueblo.
Fui dueño y señor de todos y cada uno de ellos.

Me cogieron las energías,
mis emociones y mis sueños
y los hicieron trizas.

Lloré tantísimo
que el agua inundó cada uno de sus rincones.
Lo que toda una vida había conseguido
el agua se lo estaba llevando tras ella.

Siempre pensé que mi imperio ardería
—conmigo dentro—,
pero no fue así.

Todo lo que una vez tuve se fue a la deriva,
fui naufrago
y
todo mi imperio
fue Atlantis.

Una vez más.
Una última vez.

Quizás tarde me di cuenta de las cosas, pero lo hice. Sí hubo gente que estuvo siempre cuando lo necesité. Mucha. Hubo gente que aguantó mis gilipolleces las 24 horas del día y mis platos mal cocinados. Hubo gente que me abrazó con más fuerza de la que tú jamás tuviste y gente que me dijo lo que nadie se atrevía.

Estuvieron mi paciente madre, mi alterado yo y muchísimos amigos. Tú no quisiste estarlo; es normal, legítimo, comprensible...

Pero no puedo seguir ~~escribiendo~~ pensando que fui el culpable o el malo para que te sientas mejor. Fuiste tú quien decidiste irte de mi vida. Quien hoy me acompaña lo hace con mis múltiples defectos y virtudes, tú decidiste refugiarte cuando todo se ponía feo.

En mi vida me acompañan mujeres con las manos cansadas de trabajar, amigos con ambiciones por encima de sus posibilidades y egos que esconden muchas inseguridades. No estoy para juegos de niños y creo que eso ya te lo he dicho.

Al final todo se sabe. Y todo se sufre. Me doy cuenta de muchas cosas ahora... de las buenas y las malas. Sé que importan poco ahora mismo, pero llámame infantil si quieres: yo quiero aprender. Es la última vez que te dedico algo, aunque ni creas que sea para ti. He dejado de esperar(te). Y miro al mundo con otros ojos. He dejado de soñar con príncipes azules y con la magia de los sapos. Con los para siempre e incluso con los te quiero de los primeros días. Lo he dejado de hacer porque ahora mismo a quien más quiero cuidar es a mí mismo. Porque he dado y derramado mucho por los demás y poco por mí. Y nunca ha vuelto en la cantidad necesaria.

Me he cansado de que me decepcionen. De callar por no dañar y de que los demás lo hagan sin razón. Sé que cuando sea el momento llegará alguien que me pisará al bailar y se atreverá a decirme siempre la verdad. Que me besará con unas copas de menos y unas ganas de más.

No tengo prisa. Sé que tú también encontrarás a alguien que te amará tanto como hice yo antaño. Solo espero que cuando eso ocurra tú también estés bien para poder estarlo con el mundo. Para tratar y cuidar a alguien como se merece...

Yo mientras tanto pintaré al óleo y cantaré, aunque no sepa hacer ninguna de las dos. Te recordaré con unos cuantos reproches de menos y con unas cuantas despedidas de más. Y despido esto con abrazos cálidos, mensajes con corazones y besos en la mejilla.

Ha acabado. Todo. Paso página y creo un nuevo libro. Soy el protagonista. Mucha suerte. Empieza un nuevo día, sigo respirando, sigo vivo.

NUNCA
IGNORES
A UNA PERSONA
QUE TE QUIERE
Y
TE LO DEMUESTRA,
PORQUE
UN DÍA
TE DARÁS CUENTA
DE QUE PROBABLEMENTE
PERDISTE LA LUNA
MIENTRAS
MIRABAS
LAS ESTRELLAS.

Mucha gente piensa que después de tirar abajo toda una relación lo único que te salva es buscar clavos y tiritas que tapen todos tus boquetes. Lo que no piensan es que quizás otro clavo puede dejar otro agujero y que otra tirita no te ayuda a curar las puñaladas que te clavaron.

Quererse va primero. Así lo hacemos todos. Nos queremos a nosotros como no supieron hacerlo antes.

Unos necesitan meses; otros años... La cuestión es que llega un punto de tu vida en que te quieres en la misma medida en la que otros deberían haberlo hecho contigo. Y no pasa nada, ahora estás tú. Y eso es suficiente. Quien algún día te acompañe será tu complemento, no tu todo.

Nunca podrás querer a alguien si nunca te has querido a ti mismo...

Y puede ser que yo nunca haya amado. O puede ser que yo nunca llegara a quererme a mí mismo hasta que me vi las tripas y el corazón descosidos y tuve que buscar todos los motivos para recomponerme.

Amé. Quise. Y mucho. Y eso nunca lo dudaré. Puede que todo lo que yo haya sufrido haya sido por todo el amor que nunca decidí darme a mí mismo pero sí le regalé a otros.

Plantéate si también te pasó a ti.

LUNA

Me refugié en tanta gente
que los confundí a todos
con hogares
y perdí los propios.

Acompañé tantos llantos
que ya no los sentí ni míos.

Busqué tantas estrellas fugaces
toda mi vida
para acabar dándome cuenta de
que solo yo podía brillar
con la misma fuerza.

Que hubo lunas,
soles
y explosiones
que brillaron mucho más
que sonrisas falsas de Instagram.

Quiero refugiarme en tu universo,
perderme entre abrazos
y, sobre todo,
quiero saber,
de una vez por todas,
si contigo
todo hubiera sido diferente.

Tienes que quedarte con aquellos que te llenen, hay demasiadas personas ahí afuera con ganas de pisotearte y no dejarte ser quien eres. No permitas que tus amigos también lo hagan. Mereces consejos, no desdenes, mereces abrazos, no distancias.

Cuesta ver esto con 15 años, aunque también con 35. Quizás llego tarde y quizás ya te has dado cuenta de todo esto. Y ojalá sea así, porque no hay nada peor que darse la vuelta un día de repente y ver cómo te están apuñalando.

Más vale solo que mal acompañado. Y más vale caminar con un buen amigo que con tus 500 amigos falsos de Facebook.

ESCAPISMO

Quedaron las cenizas y encima las soplaste encima de mí; dejaste la casa a medias y a mí a trozos; fuiste un capullo y yo tu mejor flor; quisiste hundirme para salir tú a flote... y aún hoy me pregunto cómo, con lo bien que siempre se te dio jugar al escapismo, no fuiste capaz de llevarte tu recuerdo.

PERDÓNAME

Quiero que me perdones... así que voy a ser directo: te he mentido. ¿Sabes cuando te dije que solo estaríamos tú y yo el uno para el otro? ¿Que nunca nadie más podría dividirnos? ¿Sabes cuando te dije que nunca más dejaría a nadie pasar a través de mis fortalezas? Lo recuerdas, ¿verdad?

Tú estuviste en todas esas noches de dolor y estuviste siempre que te necesité. Y lo siento. Lo siento muchísimo. Porque hay alguien más ahora entre tú y yo... y sé que eso nunca es bueno porque ya sabes, las relaciones de 3 no funcionan nunca.

Pero no sé cómo, un día, de sopetón, apareció él y bueno, entre copa y botella, entre un día y quedarme una semana en su casa, entre película y maratón de series... me enamoró. Su cuerpo, su vida y sobre todo su puta sonrisa.

Ahora pienso en su nombre y en el mío. Uso el plural y hasta nos ponemos motes... Durante mucho tiempo he permitido que tú seas el importante y único en este mundo, pero lo siento, ahora las frases las empiezo siempre con un nosotros. Bueno, a menos que sea para pedir una copa de vino, él es más de cerveza...

Lo siento, sé que una vez te prometí que nunca nadie me tiraría de nuevo al fondo del mar, pero sé que él me quiere tanto como la vez que me rompieron el corazón.

Puede que me equivoque pero, créeme, David, habrá sido la mejor equivocación de mi vida. Confía en mí.

Quiero pedirte perdón, Aina, por no acompañarte a todos los festivales que me gustaría y hacerte fotos para tu Instagram.

Quiero pedirte perdón, JP, por no ofrecerte hacer el prólogo de este libro y por todos esos momentos que este año el tiempo tan fugaz nos ha robado.

Quiero pedirte perdón, Aniol, por nunca contestar tus mensajes a tiempo y olvidarme siempre de tu cumpleaños.

Quiero pedirte perdón, Ro, por no pasar a tu lado todo el tiempo que me gustaría. Contigo me iría hasta el fin del mundo, quiero que lo sepas.

Quiero pediros perdón, Pere y Dani, por pasar del grupo de WhatsApp y dejaros siempre *en visto*. Tenemos que hacer una cena, lo tengo apuntado... lo sé...

Quiero pedirte perdón, Brei, por no estar en todos esos momentos en los que me hubiera gustado acompañarte. Sabes que te quiero como a un hermano y... me debes unas gafas.

Quiero pediros perdón, Cristina y Sergio, por tardar tanto en ocasiones en responder a cosas importantes y que tengáis que dar la cara siempre ante las marcas por mí.

Quiero pedirte perdón, Alberto, por centrarme en ocasiones demasiado en el trabajo y olvidarme de ver una de esas películas de risa que tanto te gustan... Lo siento, las detesto y cualquier excusa es buena para escaquearme.

Quiero pedirte perdón, Christian, por estar durante horas en ocasiones mirando al móvil mientras cuentas cosas de tu pasado que ya has contado otras 4 veces... Sabes que te quiero. ¿Lo sabes verdad?

Quiero pedir perdón a mucha gente y ellos son los primeros amigos que me han venido a la cabeza. Y sé que cuando esto salga publicado tendré otros 100 whatsapp de *cabrón, a mí no me has puesto...*, pero ya sabéis cómo soy de despistado... (excusas).

Constantemente pospongo fechas, me refugio en el trabajo y quizás mis prioridades están tan claras que los momentos de amistad son escasos. Sé que lucho mucho por mis sueños y en ocasiones soy literalmente una estrella fugaz porque aparezco por vuestras vidas apenas 5 segundos...

Sé, por otra parte, que vosotros y todos a los que me he dejado sin nombrar en esas líneas sois la amistad más pura que jamás he tenido. Y os quiero agradecer todos los consejos (que muchas veces no he escuchado, lo sé... ya me he dado de hostias luego), todos los hombros en los que he llorado y todas las orejas que han querido parar a escucharme.

Me gustaría que mis días duraran 48h y así tener tiempo de dedicar a toda la gente que me importa más de 5 minutos. Siento que en ocasiones la vida me haga pasar tan poco tiempo a vuestro lado... solo sé, solo tengo, la corazonada, de que nos espera toda una vida juntos.

MODO ALEATORIO

Quiero que dejemos de jugar a juegos de azar y apostemos de verdad por lo que queremos. Y no me importa ser siempre el que tira la piedra si luego siempre escondo la mano... tú lo sabes bien.

Dejemos de pensar en que todo ocurrirá porque sí y formemos las historias que nunca fuimos capaces de interpretar. Quitemos el modo aleatorio de las canciones y pongamos todas esas que decidimos dejar de escuchar el uno por el otro.

Puede que llegue tarde o puede que no quieras volver a saber nada de mí, pero a mí las cosas difíciles siempre me han gustado.

Me veo con la misma energía con la que siempre te vi; me aprieto los cordones pensando en cómo de fuerte pisaré y me quiero tantísimo que hasta me sobra un pedacito de amor para ti.

Me conozco lo suficiente como para saber que en ocasiones aspiro demasiado y eso siempre me lleva a una decepción tras otra, pero créeme... soy feliz pensando así. Lo prefiero a pensar que las cosas ocurren por casualidad. Y sé que quiero muchas cosas....

Pero antes de que pases página, te confieso que

quiero hablarte. Conocerte. Desnudarte. Besarte.

Quiero perdonarte. Perdonarme. Sonreír al pasado.

Quiero emborracharme. Apostar. Jugar. Ganar.

y se produce
cada vez que hablas
y salen arcoíris.
Cuando los ojos te brillan
y la sonrisa te sale sola.

Deja que fluya.
Podrás equivocarte,
pero nunca podrás
parar la primavera.
Ni sus reacciones alérgicas...

Se llama amor
y no pretende enamorarte.
Pretende joderte si es preciso.
A él le da igual.

Deja que fluya.
Deja que se equivoque,
deja que acierte.

Un día llega alguien que te demuestra que todo lo anterior fue una mierda. Y tú mereces superar todo eso. Da igual el momento y el lugar. Sucede.

Aparece alguien al que no le importa ese grano que te ha salido en el cuello ni esa mancha en el pantalón. Hace que te gusten las aceitunas, aunque siempre las hubieras odiado, y que te atrevas a hacer cosas que siempre habías temido. Quien suma y no resta; quien demuestra y no solo habla; quien, simplemente, está ahí pese a tus jodidos defectos.

Sé que en ocasiones pensarás que esas cosas no te van a pasar a ti y que eso solo ocurre en los libros y películas.

Sucederá. Aparecerá de repente sin avisar y romperá todos los esquemas de tu vida. Se llama *amor* y de apellido *de tu vida*. No lo dejes ir.

VUELVES

Me presento en tu vida después de años para ver que ha sido de ti y me pregunto una y otra vez dónde hemos decidido meter nuestros asuntos para perder nuestras cabezas todo este tiempo...

Me pregunto si me verás igual que yo te veo a ti. Si pensarás en si voy a girarme cuando estés a lo lejos; si pensarás en ir a por alitas cuando esté a la vuelta; si aguantarás todas mis noches de insomnio, pese a que tienes que madrugar...

Me disfrazo muchas veces con capas de cebolla y pretendo poder con todo. He aprendido que es mejor tener una coraza y no dejar que nadie pase tras ella. Quiero que seas tú el único que pueda hacerlo. Que me desnudes lentamente y consigas quedarte dentro de mí y no te haga llorar de acidez. A ver si lo consigo.

No has sido tú quien ha decidido volver a mi vida. He sido yo. Sí, joder, necesitaba saber cómo había acabado todo después de tantos años. Quería saber qué había pasado después, antes y durante.

Habíamos crecido, nos habíamos echado de menos y, ambos, nos habíamos equivocado. Vuelvo y no lo hago para arreglarte la vida. No vuelvo para demostrarte que soy el mejor pez de este contaminado mar...

Vuelvo después de años porque sé que has pensado en mí las mismas veces que yo he pensado en ti. Porque sé que esto no es algo pasajero. Lo sé porque, cuando cierro la puerta al irme, la abres y me dices:

—No tardes en volver.

Y créeme, nadie tiene tantas prisas como yo en volver a verte, aunque pasen los años.

TUS TACONES

Eran las 12 de un mayo con pretensiones de agosto y tú, acalorada, huiste a toda prisa como si de Cenicienta te tratases. Torpe, como siempre fuiste, uno de tus tacones se deslizó de tu pie y se quedó en lo alto de las escaleras de aquella preciosa torre que ambos decidimos subir. Tras darte cuenta de que yo estaba más cerca de él que tú, decidiste dejarlo allí con tal de no volver a verme.

Huiste y yo también lo hice. Decidiste buscarte otro príncipe azul, pero precisamente por las lágrimas que te hizo derramar. Yo conocí princesas de revista y de muchos filtros de Instagram. Ninguno de los dos queríamos eso.

Me llevé ese tacón de recuerdos y nunca lo dejé ir. Quizás ese fue también el problema, que nunca te olvidé del todo, siempre con tus cosas de por medio...

Quizás no fue un tacón y fue tu teléfono. Quizás no fue todo a las 12 de la noche y fue a las tantas de la madrugada, pero tú y yo no terminamos como a ambos nos hubiera gustado.

Decidimos tirar por la borda algo por el miedo al qué dirán; al qué pasará; al futuro... Y quizás nuestra historia acabó mal porque no supimos ponerle el final que ambos queríamos. Tan sencillo como eso.

Por eso vuelvo.

Dejé de escuchar algunas canciones por ti y eliminé todos los recuerdos que años atrás forjamos. Prohibí pensar en nuestra historia y negué siempre todo lo que ocurrió.

Todo para al final darme cuenta de que necesitaba saber si fui alguien para ti o solo uno más. Nunca hice caso a mis instintos... pero un día lo hice. Volví.

Quise descubrir si fui tu Mona Lisa en tu larga lista de obras o solo un lienzo en blanco que nunca llegó a ser pintado.

Sonríes y me provocas. Hablas y me sonrojas. Y parece que vuelvo a tener los 15 años que perdí entre tonterías y no en tu cama.

He perdido muchas cosas y la cabeza está entre ellas. Será por eso que he vuelto y estas decisiones que tomo están lejos de razones lógicas... como si alguna de las que tomo en mi vida lo fuera...

Túmbate y déjame acostarme a tu lado. Abrázame y déjame refugiarme en ti. Bésame y déjame aprovechar todo el tiempo que decidimos desperdiciar con otros y no entre nosotros.

Yo tenía un palacio
hecho con azulejos de inseguridades,
arcilla aderezada con miedos,
ladrillos de pecados
y mucha masilla encima de las brechas
que dejaron las hostias que dieron en sus paredes
y que la luz deja entrever.

Tenía un balcón que hizo mi diseñador favorito
y que nunca llegué a pagar.

El valor de su suelo
variaba según la estación del año
y mis ganas de huir en ellas y sus recordadas fechas.
Le puse nombre y lo dejé de hacer,
no fuera que me encariñara
y lo dejara en algún pueblo abandonado
muriéndose del asco.

Lo cambié de sitio una y otra vez
en más ocasiones de las que debería
y todo por okupas que no quisieron
amueblar ni siquiera sus rincones más bonitos.

Compré muchos marcos
que nunca fui capaz de rellenar
por miedo a que el tiempo
destruyera las fotos
que bonitos recuerdos formaron.

Siempre lo cargaba a cuestas
y no veas cómo pesaba...

Se hundió conmigo,
unos años más
y otros menos,
pero siempre
fui yo también parte
de todas las ruinas
que decidí llamar Atlantis.

Lo hizo por culpa de todos esos cajones
llenos de reproches y dolores
que decidía no vaciar nunca.

Hace un tiempo me tropecé con la realidad
y mi palacio se rompió.
Imagínate tú mi llanto
al perder todos los momentos y
todos mis logros en medio de este mar infinito.

Solo quedaron los cristales rotos
y los recuerdos a trozos.

He decidido hacer uno nuevo
donde nadie pueda entrar
si no lo merece.

Las sirenas vigilan la entrada
y nuestros hechos limpian el polvo.

Los besos son las contraseñas
y los buenos abrazos de despedida
merecen las maletas de mano.

He decidido remodelarlo
para que las malas hierbas
solo se queden en el jardín
y no florezcan en todo él.

Tengo en proceso un palacio totalmente nuevo
y su valor siempre será negativo
por mis defectos
y el levantarme demasiado pronto
por las mañanas.

Si tu intención pese a todo
es adueñarte de él...
Primero y siempre,
deberás hacerlo conmigo primero,
mi príncipe.

EN PROCESO

Estoy en proceso de aprender todo lo que dejé a medias. De empezar una nueva carrera y dejarla por otro sueño que me apetezca alcanzar. De pintar esos libros de colorear que nunca me han acabado de relajar y de usar esa tableta gráfica que, cariño, aún no he acabado de entender...

Necesito irme una semana a Ibiza y otra de aventuras por Tailandia. Quiero acabar de ver *House of Cards* y quiero aprender cómo hacer las mismas croquetas que mi madre.

Estoy en proceso de aprender a diferenciar la amistad del trabajo y el dinero del poder. Tengo pendiente ahorrar lo suficiente como para comprarle a mi madre una casa en la playa y a mi padre un barco. De enseñar a un niño a contar y a un anciano a usar una *tablet*. De tirar con arco y no dormirme viendo las Olimpiadas.

Quiero ir a la playa más de un día seguido y al *gym* más de 3 meses, sí, como lo oyes. Aprenderé francés y a programar... aunque no sé ni por dónde empezar.

Voy a quitarme esos granitos que me han salido y a sonreír cada vez que me veo en el espejo. Compraré un armario algo más grande y una lavadora nueva.

Dejaré de comer carne y empezaré a contar tus canas. Dominaré la cocina y también te dominaré a ti. Acabaré un libro y empezaré otro cada semana. Haré un guion de película y luego lo romperé en mil pedazos...

Tengo pendientes tantas cosas que no sé ni por dónde empezar. Por eso quiero escribo todo esto, para que sepas todo cuanto quiero hacer y que tú lo vivas conmigo.

TE ODIO

¿Sabes que dicen que las historias de amor no existen? Que esas cosas se las inventan los cursis y que solo son cosas que ocurren en las películas. Dicen que *todos son iguales*, que *lo mejor de la relación es el primer año,* y la mejor de todas, *el amor no dura para toda la vida*.

Creo que la gente que dice eso nunca ha tenido la suerte de encontrar a alguien como tú. Si lo hubieran hecho, se callarían la boca y te darían todos los besos que mereces. Y sabes... te odio.

No es el mismo sentimiento que me producen los corruptos, los mentirosos o los hipócritas... es una sensación diferente. Busco las palabras que consigan definir lo que estoy sintiendo sin que llegue a equivocarme en nada... como si esto de abrirse en canal fuera tan fácil...

Te odio porque hace un año acabé con una de las peores etapas de mi vida y, como dicen, cerré ya no solo un libro, sino una enciclopedia de años y años equivocándome... y como dice mi amigo, *lo envolví con mucha cinta y lo envié a tomar por culo.*

Y aquí estoy, escribiendo sobre nuestra historia de amor y, joder, el pasado vuelve a mí.

~~Llegas~~ Vuelves y lo pones todo patas arriba. Apareces en mi vida y me haces recordar lo que fuimos y, sobre todo, lo mucho que podríamos haber sido y no nos atrevimos a ser.

Llegas para recordarme que te eché en falta mucho más tiempo del que te quise, que lloré como no lo he hecho con nadie por el poco tiempo que estuvimos y, sobre todo, que te seguí queriendo pese a todo.

Te odio porque me has hecho recordar que una parte de mí nunca te olvidó, por mucho que mi mente adulterara todos los recuerdos para digerirlos mejor, nunca conseguí quitarte de mi cabeza.

Te odio porque ahí estabas, esperándome en la estación de tren con la misma sonrisa con la que me recibiste la primera vez que nos vimos hace ya casi 4 años.

El tiempo parecía no haberse ni inmutado entre tú y yo. Como si hubiéramos vivido en realidades paralelas que, por fin, volvían a colisionar.

Igual a como recordaba... la misma boca, el mismo pelo, los mismos ojos, la misma sonrisa... Y me vuelves a hacer sentir chiquitito nada más verme y a la vez gigante. Me haces sonrojar y a la vez siento que puedo con todo.

Nos decimos las frases que tanto tiempo necesitábamos el uno al otro y lo necesario para consolar todos esos años que hemos vivido el uno sin el otro.

He vivido estos años sin ti aprendiendo muchísimo de la vida y de mí mismo. De qué quiero y qué no quiero. Te cuento entonces que conocí a mucha gente, que me volví a enamorar y que me mudé más veces de las que creías... y que ya no soy igual al David que conociste.

—No es verdad, eres igual al David que conocí —dices nada mas verme.

¿Por qué dices eso? Quizás sientes eso porque contigo no me protejo, no busco una puerta de emergencia por si las cosas se complican, contigo, simplemente, soy yo, con mis mil defectos y virtudes.

¿Las historias de amor no existen? ¿Tú que responderías a eso? Yo les contaría cómo al volver a verte volví a recordar todo lo bueno que vivimos, lo rápido que fue y lo mucho que echaba de menos tu olor. Que tú y yo vivimos una preciosa historia de amor y que no quisimos continuarla.

Les contaría que nadie me ha dado los besos como tú me los has dado, y que nos equivocamos. Que las historias de amor existen, pero para los valientes. Nosotros no lo fuimos y probablemente podríamos haber vivido los mejores 4 años de nuestras vidas, pero... Hola, estoy aquí de nuevo. Vamos a vivir los mejores años de nuestras vidas, te lo prometo, cariño.

Esta no es una declaración de intenciones, no pretendo hacerlo, no creo en las palabras ni en las promesas, creo en ti y en mí. Y ¿sabes?, nada más verte supe que no sería fácil, que yo volvía como un huracán a tu vida y tú probablemente te arrepentirías de no haberme hablado en todo este tiempo, de cómo fueron las cosas, de no haber estado en los momentos importantes... pero me daba igual. Necesitaba volver a verte, necesitaba estar contigo. Estaba harto de sentirte de más y echarte de menos. Y ahí estaba, con mi preciosa maleta turquesa, y las flores que te pedí que me trajeras las llevabas en tu estampado de la camiseta.

¿Volvería atrás y cambiaría las cosas? Probablemente no. Porque aquí estoy. Contigo. Años después, sí... pero contigo. Tú en Barcelona y yo en Madrid; tan cerca y tan lejos. Viéndonos menos de lo que deberíamos y echándonos más en falta de lo que merecemos. Y así estamos, siendo menos de lo que necesitamos y sintiendo el uno con el otro lo que nadie es capaz de provocar. ¿Sabes cómo se llama eso? Amor.

Te eché de menos, mucho. Y sé que tú también. Ahora, por favor, no dejes de provocarme decirte un *te odio* después de cada una de tus bromas tontas.

—Yo también te odio, cariño... yo también te odio...

Si todos los hombres del mundo odiaran como tú odias, el mundo sería un lugar mejor.

PASÉ DEL 0 AL 100.

EL BLANCO Y NEGRO AL COLOR.

DE LLORAR A REÍR A CARCAJADAS.

DE PENSAR A DISFRUTAR.

DE IMAGINAR A VIVIR.

PASÉ DE ODIARME A QUERERME.

DE INSULTARME A COMPRENDERME.

DE LA OSCURIDAD A LA LUZ.

Y

TODO LO BUENO, AHORA

Y SIEMPRE, CONTIGO.

TODO LO MALO ACABÓ.

HE APRENDIDO. CRÉEME QUE

HE APRENDIDO...

PRIMERO

Te voy a querer aunque no quieras moverte de la cama, aunque vomites de resaca y aunque me envíes a la mierda por no acordarme de una fecha importante. Voy a quererte en tus malos despertares y en tus problemas del trabajo. Te querré cuando estés enfermo y cuando escuches *reggaetón.* Cuando quieras poner Telecinco y cuando me hables de futbol.

Voy a quererte aunque me prepares alcachofas y aunque no quieras celebrar mi cumpleaños. Voy a estar en los días que tengas ganas de enviarlo todo a la mierda y te besaré aunque no te hayas lavado los dientes y huelas a cigarro. Voy a escucharte aunque creas que no sirve para nada y voy a quitarte todos esos miedos aunque digas que no existen.

Voy a quererte en los mejores días de tu vida y también en los peores. Coge mi mano y agárrate fuerte. Y si te sueltas, tranquilo, volveré a salvarte.

MICROCUENTO EN PRIMERA PERSONA

Sé que cada vez que escucho una canción que me gusta te digo *mira, habla de nosotros...* Y acabo diciendo lo de siempre... *esta es nuestra canción.* De lo cual ni te acuerdas al cabo de unos días, normal, te lo digo como 3 veces a la semana... Sé que cuando no estoy todas esas canciones te recuerdan a mí y te duelen tanto como a mí. Lo siento, me da por verte en todas partes. Qué le hago.

Sé que te digo mucho esa frase y la de *venga, vamos a hacer algo...* aunque estés harto de trabajar toda la semana. Que te hago apuntarte al *gym* y no insisto lo suficiente como para ir cada día, y al final nunca salimos de casa... Tenemos que desapuntarnos, por cierto, recuérdamelo y me lo apunto en la lista de cosas sin sentido que hacemos cada día.

Sé que tengo demasiada energía en vena y muchas ganas de cometer locuras continuamente. Que en ocasiones te despierto a las 3 de la madrugada y en otras tantas parezco una marmota en período de hibernación.

Sé que esto no es un microcuento porque no habla de nadie más allá de ti y de mí. Porque solamente tú eres capaz de que mis días de mierda se conviertan en días perfectos y solamente tú eres capaz de reconstruir todo lo que un día yo mismo tiré por tierra.

Aún no le he encontrado el sentido a cómo consigues aguantar todas mis gilipolleces (que son muchas). No sé cómo lo haces, pero a estas alturas... no sé qué haría yo si no lo hicieras. Gracias, por formar parte de este cuento tan surreal y que tanto me gusta protagonizar a tu lado.

Él tiene dos caras como la luna. Es fuerza y es debilidad. Es poder con todo aunque también es hundirse por tonterías. Es amor pero también es odio. Es suyo pero también es mío... aunque le cuesta aceptarlo.

Él es muy él. Y yo soy muy yo. Lo sé, lo acepto, lo sabemos, nos aceptamos. Cuando se apagan las luces del *show,* cuando el móvil deja de vibrar y cuando los medios dejan de hablar, nadie, jamás, es capaz de ser tan él. Por ello y por otras mil razones él es mi luna, mi sol, y yo, un mero náufrago en todo su universo.

Viajo en el tiempo,
y hoy no hablo metafóricamente,
te lo prometo.

Son las 10 aquí,
y tú estás trabajando por la tarde en España.
El universo,
sus cambios de hora
y tu forma de seducirme.
Mis encrucijadas pendientes.

Me he metido en la ducha
y he analizado cada parte de mi cuerpo
que a ti te gusta tanto recorrer.

Esta habitación es muy grande
y no me conformo con cualquier compañía.
Por eso prefiero esta soledad
ansiando tu esperado regreso.

Mi ropa huele a ti.
Y no sé si odio más eso
o el preguntarme si solo soy yo
quien está sintiendo esto.

Estoy a 13 000 kilómetros de ti
y te huelo como si estuvieras aquí.

Pienso en la cuenta atrás
y en nuestro esperado compás.

Estoy quince horas en un avión
y ansío verte a ti en ese sillón
al que tanto tiempo otros han postulado.

Una vez te dije que me gustabas.
Hoy afirmo que te quiero
y lo hago
en diminutivo
y en superlativo.

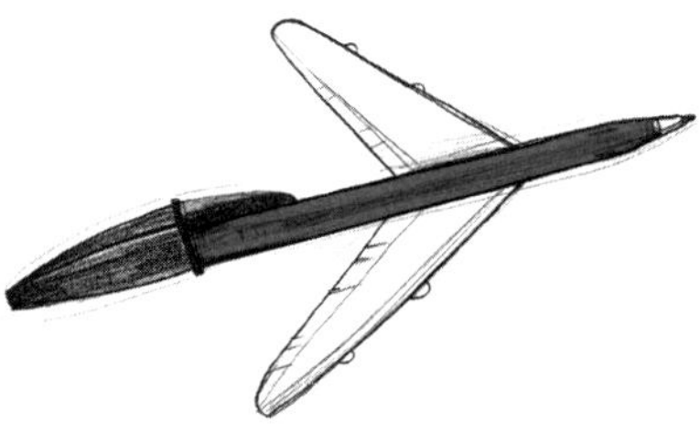

¿Qué es lo mejor que te ha pasado en la vida?, me preguntaron.

Las oportunidades que me ha dado la vida para crecer, respondí.

Conocerte, pensé.

No podréis conmigo. Y esto SÍ es una declaración de intenciones. Voy a defenderme, voy a ir a la guerra y voy a armarme si es preciso. Nadie acabará con este imperio si no estoy de acuerdo.

Estoy harto de puertas giratorias, de amigos interesados y de puñaladas. Han intentado romperme y lo han conseguido en demasiadas ocasiones. Y no voy a asumir nunca más ese rol.

No pienso callarme. No me van a silenciar. Si quieres salir al ring, vamos a hacerlo en igualdad de condiciones. ¿Vas a hablar de mí? Voy a hablar de ti. ¿Quieres discutir? Pues vamos a discutir.

En ocasiones está bien bajar la cabeza, ¿no? Hacerlo toda la vida es un error. Cuando alguien te provoca muchas veces, contesta y gruñe, solo así te enfrentas a una fiera.

HAY

Hay personas que llegan sin avisar y como un huracán arrasan con todo. Te cambian los muebles, los planes y la cabeza. Rompen los cristales y abren todas tus puertas. Te quieren sin condiciones y bailan sin parar. Y qué jodidamente bonito es eso.

Quédate con quien llegue sin avisar y lo cambie todo. Esas son las personas que dan sentido a la vida.

Soy simple y, la mayor parte del tiempo, no conseguirás entenderme. No aguanto salir de fiesta cada semana. Ni lo aguanto ni lo entiendo... No soporto las muchedumbres ni mucho menos las texturas de algunos platos. Soy cascarrabias cuando quiero y soy hiperactivo cuando bebo. Me visto con ropa sucia cuando cómo esté es mi último problema.

Cocino durante meses y dejo de hacerlo durante los otros 6 del año. Prefiero pedir carta que menú. Prefiero el frío que el calor, a menos que seas tú mi radiador. Soy muy coqueto en ocasiones y en otras solo quiero estar en pijama. Me visto de Adidas y en otras de Carrefour.

Pero quiero una casa muy grande en la que tener un perro y llamarle Lucas. Ya te he dicho que en ocasiones soy simple, no te hagas el sorprendido. Dejo cosas sin hacer y muchas veces no puedo parar de ser yo mismo, con sus consecuentes problemas... Soy ese del que te has enamorado y, te guste o no, suele dejar la tapa del váter levantada, la cocina sin recoger y muchas facturas por pagar.

Compréndeme, respétame y sobre todo, acompáñame...

yo lo voy a hacer contigo.

Por tus besos a medianoche y tus zumos de naranja por las mañanas; por tus locuras repentinas y por esas conversaciones que no me atrevo a tener con nadie. Por esas palabras que inventamos y decidimos convertir en nuestros motes...

Por esperarme con tu mejor sonrisa y aguantar todos mis dramas. Por alegrarme esos días donde imbéciles intentan hundirme y por glorificarme cuando nadie cree en mis actos...

Podría estar horas diciendo por qué conviertes mis meses en semanas o los días a tu lado en simples parpadeos... porque, cariño, contigo, ya te lo he dicho siempre, el tiempo pasa demasiado rápido... demasiado fugaz.

Por las recetas que me has enseñado y por las muchas que he dejado sin sal. Por esos abrazos que te retienen en mi cama y por esas despedidas de película. Por esos cafés que te llevo de sorpresa y por esas velas que enciendes cada día.

Por tu manía de tenerlo todo ordenado y la mía de traer cada vez más libros a tu casa. Por esas frases que dices sin pensar y que me dicen todo lo que con besos ya me demuestras.

Porque te quiero y porque, aunque nos separe medio país, siempre cuento los días hasta estar a tu lado.

Creo que no te merezco. Y lo peor es que lo sé. Me pregunto qué tengo para que sea yo tú mayor tesoro cuando en demasiadas ocasiones no creo tener valor alguno. Sigue diciéndome eso de *te infravaloras demasiado...,* que yo sigo a mi rollo.

He llorado más veces de las que te he contado y me han dado más hostias de las que te he confesado... pero tú me ha escuchado siempre, incluso cuando no lograbas comprenderme. He huido y me has dado cobijo. No he tenido un puto duro y me has ofrecido todas tus riquezas sin tan siquiera pensarlo.

Me han roto el corazón y tú has curado todas mis heridas. Y no hablo metafóricamente, hablo de abrirme los ojos con un simple *hijo, ¿desde cuándo quien te hace daño merece realmente tus lágrimas?*

Hay algo que nunca te he confesado y hoy decido hacerlo entre estas hojas. Ya sabes, yo siempre tan de sorpresas... Supongo que vendrá de familia...

Te has partido la espalda por mí y por mis hermanos. Has dado golpes en la mesa ante las injusticias y has afrontado situaciones que no han sido fáciles. Me has llevado en brazos y me has dejado volar cuando estaba preparado. Has querido ser la mejor madre del mundo... y lo has sido.

Puede que de pequeño no fuera el mejor niño del mundo... aunque ahora que lo pienso... ¿hay algún niño bueno ahí afuera? Con 8 años o incluso 10 no piensas mucho las cosas. Te enfadas por tonterías y piensas *¿por qué mi madre no me compra ese juguete? Es tonta...* Qué infantiles... cuánto les queda por descubrir que quizás madre está hasta arriba de facturas...

Fue difícil irme de casa. Fue difícil dejar de verte cada día. Fue difícil dejar de contarte todas mis movidas y mi extraña vida. Fue difícil y fue, sobre todo, doloroso.

Nadie jamás me ha echado tanto de menos como tú; nadie se ha quedado hasta las tantas esperando mis mensajes... excepto tú.

Quiero que sepas que nunca encontraré a nadie tan leal, tan afectiva y tan entregada como tú lo has sido conmigo... Lo confieso: sin ti yo hoy no estaría aquí. Eres el motivo por el cual hoy escribo entre estas hojas. Te quiero, mamá.

OPUESTOS

Dicen que los polos opuestos se atraen... Lo que no dicen es que los polos iguales SE DERRITEN al tocarse.

QUIERO

Quiero muchas cosas
y no sé por cuál empezar nunca.

Siempre se me han dado mal los inicios,
quizás por eso recurro a pensar en otros
antes que en mí.

Tengo muchas cosas
que compré pensando que me ayudarían
a refugiarme en esos pozos
a los cuales me tiro
sin chalecos
ni paracaídas.
Por mucho que Defreds me diga
que debo ser yo mismo...

Quiero muchos besos
y siento si en ocasiones me hago el dormido
para que me los des.

Quiero esperarte,
desnudarte, hablarte,
gritarte, hacerte el amor,
y, siempre,
dejar hueco al perdón,
aunque no lo necesitemos.

Quiero que me cojas
y no me dejes ir.
Quiero que me digas
que seguiremos juntos
aunque acabemos en la calle.
Quiero que tengamos el amor
que nunca nos atrevimos
a vivir.

AZÚCAR

¿He dicho ya que el azúcar es muchísimo más adictivo que la cocaína, verdad? Creo que lo digo más de lo que creo... Lo que no te he confesado es que tu eres muchísimo más adictivo que todo lo que he conocido en mi vida. Enganchas.

Mucha gente puede pensar que mi vida es perfecta a través de una fotografía que subo a mi Instagram. Puede verla y decir *vaya, que feliz parece.*

A todos y cada uno de ellos debo confesarles
que siempre que esté a su lado será real,
será verdad,
será pura.

Lo otro son filtros,
ya sabéis
que me gusta demasiado el postureo.

Hay mucha gente ahí afuera que tiene complejo de pirata; que va por la vida esperando encontrar un tesoro cada día y saquear todas las minas que se encuentra. Muchos no lo hacen conscientemente, simplemente viven el día a día y ya veremos lo que depara el futuro.

Quizás es que yo no pienso así o quizás es que creo que esa no es una forma de pensar... pero quiero que entiendas al cerrar estas hojas que los tesoros no abundan. Que podrás encontrarte dos gemas iguales, pero no todas brillan con la misma fuerza.

LUJO

Tengo la oportunidad de llevarte a Disneyland o Portaventura,
lo que prefieras.
Podemos veranear en Galicia o en Girona,
según lo que nos apetezca.

Podemos pasar una noche en Barcelona o en Madrid.
Ir en barco o subirnos por los árboles.
Plantearnos ir a un concierto o un festival...

Podemos hacer las cosas de muchas maneras,
pero me he dado cuenta de que contigo
lo único que cambia gastarse
100€ más o menos
es el sacar la cartera
más de una vez.

Contigo,
Cancún o tu pueblo
me da lo mismo.

Contigo,
mi mayor lujo
es haberte encontrado.

Es usted el príncipe de todos mis palacios y no tiene ese título porque se lo haya dado Dios... se lo he dado yo.

Tiene derecho al honor, a la tierra y a mi cuerpo. A promulgar decretos y a cambiar de sitio mis deseos. Puede tirarlo todo por los aires siempre que yo y mi universo estemos de acuerdo.

Le concedo el derecho, por leal decreto, de ser el príncipe que tantas veces me esforcé en crear y en inventar. Usted y yo fuimos cobardes y hoy, demasiado valientes. Siempre en exceso, pero ojalá siempre el uno al lado del otro.

No tiene la sangre azul ni deseo que la tenga. Usted no lleva corona, aunque la merece. Su capa se ha caído de tanto que ha trabajado. Sus manos siguen intactas pese a todo lo que se han electrocutado.

Y he llegado yo para regalarle todo los momentos que alguien que le quiere puede darle.

Usted merece un título, un reinado, un castillo. Yo, aunque llevo toda la vida diciéndole que tengo mucho... en realidad no tengo nada. Solo soy un joven que se ha equivocado muchas veces y que tiene muchas ganas de aprender.

Quiero que usted sea el príncipe de todo mi universo, que me acompañe en mis derrotas y forme parte de mis locuras.

Su majestad, entre el clavel blanco y rosa, siempre fui yo la más dichosa. Y siempre fui yo su más complicada esposa.

Sea usted bienvenido a su nuevo reinado.

ERES

Eres el resultado de todos los *me he equivocado* que tanto tiempo esperaba compensar.

Sacarse el carnet de conducir con la ilusión de recorrer 626 kilómetros para ir a verte... así soy. Consumo bebidas energéticas porque mi emoción no consigue mantenerme despierto durante más de 6 horas conduciendo. Todos me dicen que estoy loco, que no puedo conducir tan lejos, que es peligroso, que estas locuras solo se hacen cuando estás enamorado.

Y sabes, cuando voy hacia Barcelona en coche pasan muchas cosas en la carretera y en mi cabeza. Aunque como suelo salir de noche, pasan cosas mucho más interesantes en mi mente que en la calzada. Pienso en qué haremos esos días. Si tendremos que ir una vez más al Ikea, si iremos a ver a nuestros padres o si nos dejaremos llevar por lo que nos apetezca...

Pensar que hasta dentro de semanas no volveré me agota. Le da emoción a todo esto y otras veces la quita. Maldigo la distancia y maldigo el precio de la gasolina.

Maldigo a los científicos por no inventar el teletransporte y al Gobierno por el precio tan caro del AVE. Y ahora estoy cabreado, porque acabo de recordar una de las cosas que más odio... verte por el retrovisor.

Me acompañas hasta el coche sean las 12 o las 3 de la madrugada, aunque tengas que trabajar. No sabes lo que cuesta no seguir girando en la rotonda y aparcar de nuevo el coche. No sabes lo que cuesta verte ir por el retrovisor.

Un par de lágrimas se deslizan por mi cara cada vez que pienso que volverás y nadie te estará esperando como yo lo hago; que se nos caducará la comida esperando que alguien nos cocine con la misma ilusión que nosotros hacemos y que, al cabo de unos días, la rutina nos absorberá.

Odio esos 626 kilómetros y la voz de Google Maps, su jodido *faltan 6 horas para llegar a su destino*. Eso no te lo voy a negar. Pero amo tu sonrisa al verme.

Amo tu *risotto* de setas y tu carbonara; que me cuides y me quieras como nunca nadie se ha atrevido a hacer conmigo... Y te quiero demasiado como para que estos 626 kilómetros sean un problema, esa es la conclusión a la que he llegado. No lo serán siempre y por eso me importan tan poco. Por eso estamos juntos. Por eso te quiero; porque 626 kilómetros, diferente edad, mismo sexo y muchas diferencias no suponen problemas; son aspectos que el amor es capaz de superar.

El amor no entiende de sexo, color, origen o religión. A ver si algunos se enteran de una vez.

Quiero llenar la pared de la cocina de fotos polaroid y hacer que nuestros rostros sean una mejor decoración que los cactus que nunca regamos. Quiero traerte siempre un café mientras trabajas y que tú me sorprendas volviendo sin avisar y me des un beso mientras yo edito.

Quiero muchas cosas. Y eso ya lo sabes... pero sobre todo quiero hacerlas junto a ti. Ver una serie o ver una película. Bañarnos desnudos en la playa o apreciar solo su sonido. Beber vino blanco y otros meses vino tinto. Me da igual lo que escojamos mientras lo hagamos juntos.

Me emociona pensar que hoy te dedico estos versos después de años... Recuerdo que una vez escribí ME GUSTAS y te dije *quizás alguna vez caeré de esta nube, pero, madre mía, qué bien se está aquí contigo...*

Y creo que el caerse fue voluntario. Me di una buena hostia de esa nube, tú mejor que nadie lo sabes bien. Cometí uno de los mayores errores de mi vida. Debí ir tras de ti y decirte que no te fueras. Que yo te iba a querer como nadie lo haría. Que te abrazaría cuando el mundo se fuera a la mierda, que te daría las mejores noches de tu vida y que aprendería a hacerte masajes. Pensé en mí y fui egoísta. Tomaste una decisión y, como un niño pequeño, lloré tu ausencia y grité te odio a los cuatro vientos.

Y yo, que siempre he abanderado el *lucha por lo que quieras* te dejé huir. Y sí, no nos conocíamos mucho, yo solo me había enamorado... pero debí haberte seguido allá donde fueras y demostrarte que las historias de amor sí existen... por mucho que te esforzaras en decir lo contrario.

Sin embargo, hoy, tres años después, te dedico estos versos mientras duermes en la cama que hemos vestido y desvestido tantas veces... y me emociona pensar que leerás esto dentro de unos meses y me acompañarás donde el destino nos depare.

Hoy me has dicho que me quieres. Y no me lo dices muy a menudo... yo tampoco, lo sé. Ambos hemos aprendido que vale más la pena demostrarlo que decirlo, por eso **me gustas.**

Tus ojos brillan con más luz cuando alguien se incorpora en una conversación y decides sacarme como tema del que hablar. Renuncias a planes por mí. Planteas viajes cuando no es una prioridad para ti, me incluyes en tu vida y me quieres incondicionalmente aunque me pilles limpiando con tu cepillo de dientes un cristal... pero eso es otra historia.

Me lo ~~dices~~ demuestras todo. Y por eso estoy asquerosamente enamorado de ti.

Te dedico mi cuerpo, mi corazón y mi vida. Creí haber conocido el fuego... pero he descubierto la magia del agua.

Muchos hablan de que el amor es como un fuego. Que el amor es una contraposición de sentimientos. Que unas veces se gana y otras se pierde... Qué raro. Contigo siempre gano. Contigo siempre todo es fácil. Contigo todo FLUYE.

Nos han enseñado desde pequeños que el amor es complicado, que las cosas fáciles no funcionan, que cuantas más rosas... más infidelidades detrás de cada una de ellas. Yo te regalo una rosa por cada día que no he pasado a tu lado. Y te canto todas las canciones que durante tiempo decidí bloquear para no acordarme de ti.

El amor es paz y tranquilidad. Tú eres mi Buda. Hacer el amor con Buda es lo mejor que puedes hacer en la vida. Te ahorras guerras innecesarias. Y no te estoy llamando gordo comparándote con Buda, aunque me da igual si mis macarrones con queso te hacen pillar un par de kilos de más. Te voy a hacer las mismas bromas tengas 60 kilos o 120.

Fui un cobarde por decirte en tantas ocasiones ME GUSTAS y no atreverme a decirte te quiero. Te quise a mis 17 con locura. Nunca había sentido lo que sentí por ti por nadie en la vida.

Descubrí el amor y mi sexualidad. Descubrí la luz y la oscuridad. Descubrí el amor y el desamor. Y todo eso lo hice contigo.

Te quiero. Y te lo escribo hoy aquí para que todas esas noches en que te bese antes de ir a dormir y no te diga nada más lo tengas aquí puesto. No quiero repetirlo. No quiero gritarlo a los 4 vientos. No quiero besarte en público constantemente...

Quiero que lo sepas, pero sobre todo quiero que lo notes. Quiero susurrártelo lentamente, pero solo si lo entiendes.

Este es tu poema, mi Mona Lisa.

Mi mejor cuadro.

Para ti,
todos mis palacios,
y siempre,
todas mis estrellas.

#AMOREN3PALABRAS

Equivocarme,

equivocarme,

encontrarte.

Puedes soplar dientes de león y matar a toda una manada, al igual que puedes leer este libro y pensar que no ha sido más que tinta sobre líneas de un folio bien editado por una imprenta. Podéis hacerlo, sí.

Las cosas de palacio van despacio y dentro del palacio que David ha construido con sus manos las cosas deben ser así, lentas, con cariño y con paciencia, incluso el odio.

Y si queréis realmente conocer la profundidad de esta herida, tendréis que abrirla.

En este libro hay demasiadas noches encerradas, demasiados besos que no se han dado, demasiados sueños sin conciliar, demasiadas citas en las que siempre llegaban tarde, sábanas que nunca se han cambiado por estar demasiado limpias, palabras que no se han susurrado al oído aún y mares que solo se pueden descubrir mirando a los ojos de quien se queda.

Siempre he pensado que en esta vida hay dos tipos de tatuajes, los que se ven sobre la piel y los que están debajo de ella. Los primeros duelen cuando te los hacen, los segundos duelen cada vez que recuerdas cómo te los hacían, y eso mismo me sucede con este libro.

Cada línea transporta a un instante,
cada párrafo a una conversación,
cada folio recorrido es un recuerdo,
algunos duelen más,
otros hacen que te duela la boca de tanto sonreír,
pero así es David, un sinfin de vueltas.

Los 21 gramos de alguien que simplemente no busca herir, busca salvarse.

Escapar del daño, del incendio, de los insultos que nacen en la desesperación de un te quiero, escapar de todo aquello que una vez estuvo intacto en una mesita de noche mientras tú dormías tranquilamente.

Yo le he visto rozar el cielo, le he visto caer en lo más profundo de sus grietas, y en todos esos momentos nunca ha dejado de intentarlo.

Esto que tenéis entre las manos podría ser el conjuro para que todos esos príncipes de etiqueta dejen de esconderse tras sapos inocentes, qué culpa tendrán ellos...

Un método para encontrar al verdadero, resolver el enigma y vivir sin comida precocinada durante todas las semanas.

Bastantes cuentos han acabado mal como para terminar este de la misma forma.

Las páginas de David han salvado más vidas que la aspirina y sin necesidad de un prospecto.

Solo si abrís vuestro corazón podréis entender todo lo que intento explicaros de una forma tan resumida, solo quienes creáis conocer a David os daréis cuenta de lo poco que lo conocéis si exploráis cada rincón de estas preciosas hojas.

Solo si cerráis los ojos podréis ver, y quizás así daros cuenta de lo mucho que vale la pena.

Pero ¿sabéis?... Al terminar este libro no hago más que recordar cuando alguien me dijo en una ocasión hace mucho tiempo:

—Rubén, ¿la magia existe?

Yo le presté este libro.

Xenon